留味行

她的流亡 是我的流浪

瞿筱葳

留味行

她的流亡 是我的流浪

第一章 上路去

第二章 歷史之地

第三章　沿江而下

第四章　回家

*本書中所引奶奶舊事，皆收錄於口述歷史《烽火歲月下的中國婦女》（中研院發行）

序

／瞿海源　中央研究院社會學研究所研究員、作者父親

最近常寫序，大都還是為學術性的專書寫，也都算是和自己專業有關。要替女兒這本書寫序，就總是覺得筆調可能不會很順。不只因為這不是一本學術著作，更因為她寫進書裡的是那種深刻而微妙的祖孫情思，我在母親和女兒深情渦流中若隱若現，有時候就有搭不上又得搭上的奇

民國50年代爸爸台大畢業

妙。習慣用艱硬的筆寫學術著作的序，就難得為靈動的文學作品說什麼。但筱葳的流浪是循我母親七十年前的蹤跡而行，又特意去探訪我出生的地方，我自也不能在這本書缺席。

一九八六年我到美國維吉尼亞大學講學，下學期就接正在念小學最後一年的筱葳去遊學。回程全家遊歷佛羅里達、路易斯安那、達拉斯，再經鳳凰城到大峽谷。在大峽谷山崖邊，鼓勵筱葳寫遊記，她沒有回應，我開玩笑說二十年後請我們重遊大峽谷，她答應了。結果遊記還是沒寫半個字。二十年後，我去荷蘭萊登大學講學，既然大峽谷沒去成，就說既然她前幾年去過挪威峽灣，就帶我們去峽灣吧。小姐終於也沒請我們去，倒是我們自己去了。從大峽谷到峽灣，景色壯麗，終究寫不出什麼。然而這一趟追尋奶奶的足跡流浪了三個月，是有探尋的，有深深的祖孫和家族情誼牽連著，每到一處就有感觸，自然要寫出來。果然筱葳有話要說，而且非說不可。

讀完全書，包括媽媽的食譜，深深覺得筱葳寫的是情，不是在寫景。三個月流浪的主要目的不是遊覽山川名勝觀賞風景，而是尋尋覓覓找奶奶的蹤跡和味道，是整理與奶奶三十多年的情，試著將這整個情昇華編織成文，永存起來。

筱葳和奶奶情深如此，當然和我們為留學而把她留給她奶奶照顧有關。她出生才三十四天，我就去美國留學，她還剛滿一歲半，她媽也去美國幫我念博士學位。這一去就四年，她成了典型的「阿媽子」，從出生到會說話懂事，父母大多不在身邊。本來在華人社會祖輩就特別疼愛孫子女，嚴父慈母總是管教者。可是在我們家，由於在女兒最重要而關鍵的銘刻認同時期，我們多不在，奶奶對孫女就更特別寵愛和親密了。到母親走了，筱葳必須整理整理和奶奶的情。在《留味行》中，她和七十年前的奶奶同行，我們深深為筱葳在書中流露出和奶奶的深情震動。

媽媽離世前幾年，我利用每天中午吃母親做的幸福午餐的飯後時間，做了口述歷史訪談錄音，整理出十多萬字的書稿。後來羅久蓉博士摘錄五萬字左右收入中研院近史所出版的

《烽火歲月下的中國婦女》一書。這個口述歷史的簡本就成了逝世記念冊《留雲遊蹤——瞿媽媽一生的故事》的主文，也就是這一小冊子的口述歷史引發及引領筱葳循著奶奶的蹤跡去流浪了三個月。《留雲遊蹤》當初印了三百本在追思會上差不多全送掉了，好多朋友讀了都覺得很感動，最近還有朋友特地寫電子信說她母親讀了也頗有感覺，也許是有很近似的流亡苦難經驗吧！那本書不太可能出版，筱葳說她會放在部落格上（ipaway.org），把奶奶的口述歷史配上新的圖片。在網路時代，這也是一個很好的辦法。看了《留味行》，可能有讀者對奶奶當年的遊蹤感興趣，就可以上網探個究竟。

民國50年代奶奶打毛線補家用

民國30年代奶奶

民國50年代預官爸爸空軍爺爺

民國50年代家庭代工

眷村門口

民國50年代爸爸台大畢業

民國30年代外公外婆婚禮

民國61年奶奶與女兒外孫女合照

民國61年抱外孫女

民國66年奶奶與兩孫女

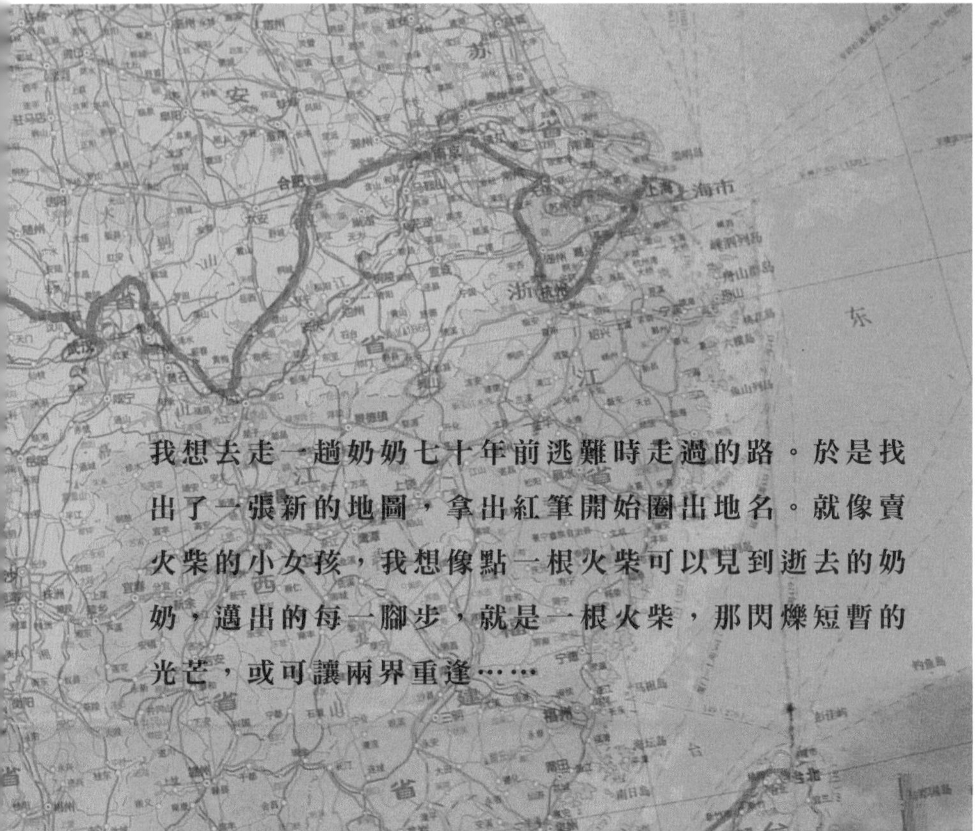

我想去走一趟奶奶七十年前逃難時走過的路。於是找出了一張新的地圖，拿出紅筆開始圈出地名。就像賣火柴的小女孩，我想像點一根火柴可以見到逝去的奶奶，邁出的每一腳步，就是一根火柴，那閃爍短暫的光芒，或可讓兩界重逢……

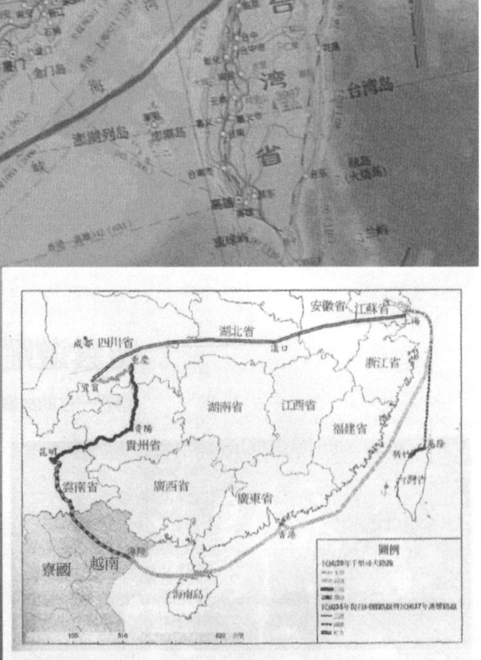

奶奶的遷徙地圖

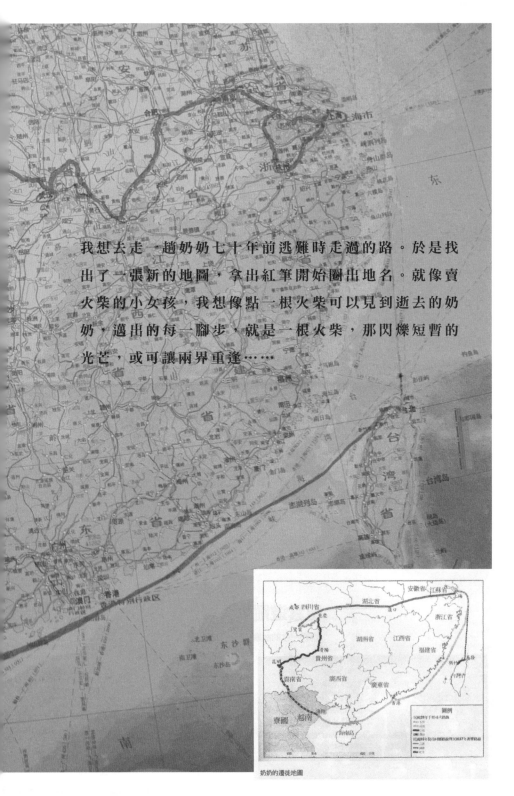

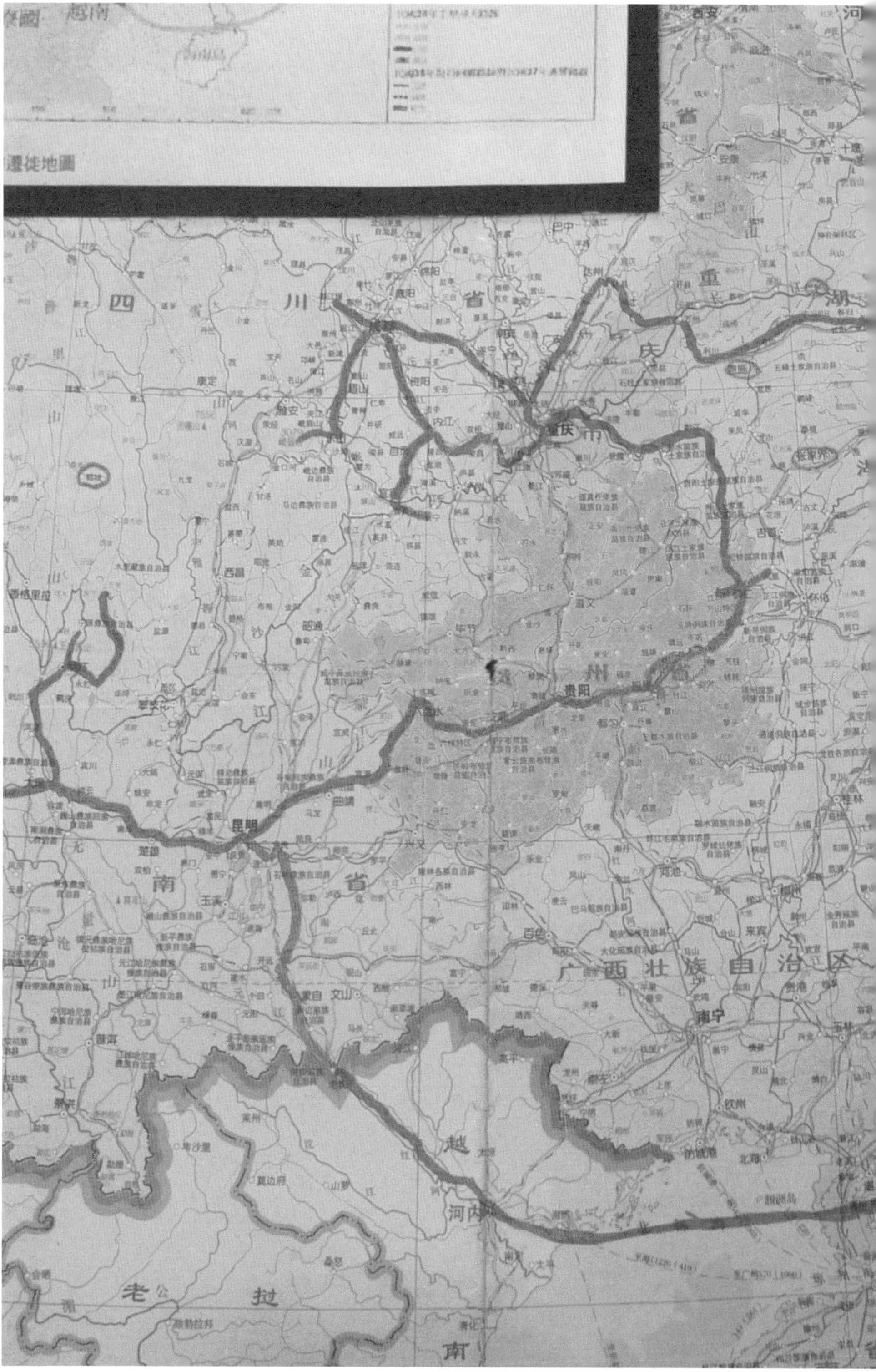
遷徙地圖
西安
安康
十堰
四
川
省
成都
重
庆
重庆
市
达州
巴中
南充
内江
自贡
泸州
乐山
雅安
康定
西昌
昭通
毕节
遵义
贵
州
贵阳
都匀
昆明
云
南
省
楚雄
玉溪
曲靖
兴义
百色
河池
柳州
桂林
怀化
吉首
张家界
广
西
壮
族
自
治
区
南宁
钦州
北海
防城港
文山
普洱
河内
越
南
老
挝

序章：大世界的哈哈鏡

大世界的哈哈鏡

上海南京路的大世界戲院有一面哈哈鏡，站在面前瘦的變胖，凹的變凸，哭著像笑。七十幾年前你可以在那鏡子前看著自己哈哈大笑，花花世界無奇不有。如今大世界整棟建築蒙上了綠布關閉了，你走近了只有灰塵，連乞人都繞路。

我的旅程接近尾聲的時候終於到了這個不再歡樂的建築外，整個城市為了「世博」醞釀著，世界想看看新的上海會是什麼模樣，走在南京東路上我發現只有我。

年長的總想退休後環遊世界，年輕的想要遠遠甩開這個世界去看那個世界，或者只在生活的島上繞一圈，彷彿走出去就可以擁有新的鏡子，看見新的自己。在原來的世界看不見找不到的，在失落的鏡子裡都可以尋得，竟像真的一樣。旅行是魔鏡，我們都這麼希望著。

甚至已經離世的奶奶都想旅行，我夢見過兩次。

奶奶在小島上，很清閒的想要打電話，猜測是要撥給我的，可手機太小老人家不會用，就這麼折騰著。島上的風很緩慢，撥手機的動作也不快，一直無法撥成，老人的手指這麼纖細那麼靈活卻不會撥電話，我在夢的這頭看著她乾著急，沒法可想。她要告訴我她很好，夢裡她沒說卻傳達出如此訊息，我朦朧知道她的意思。她要說，她上路了，就在旅程上。旅行有點趣味，她真的很好別擔心。

於是我偶而會忘記她已離世。也許是因為她總沒有打電話來告訴我，她已經離開。

另一天早晨醒來，沒有夢見老人，卻有一個清楚的念頭進入腦袋：「該去走一趟奶奶逃難時走過的路。」念頭很清晰，就是以一句話的形式出現在早晨的夢霧中。前人已上路，我也該上路，無論那路途是什麼，就去走老人走過的路吧。

過世數月的奶奶只留下了一本薄薄的口述歷史，我卻從來沒仔細讀過。爬出被窩，我開始想該怎麼做。早春還很冷，需要出走的熱度卻在心裡像夏天的太陽開始發熱。也許在途中，會遇見小島上的奶奶，路途上的奶奶，或者是夢中的奶奶，把夢外的自己放進夢裡走一回。

想要離開這裡，去遠方，沒那麼多理由。說穿了眼前就是日子復日子，你得去走一趟。去找答案，去問你從哪裡來，要到哪裡去。或者，其實是去找到正確的提問，叩問自己心中真正的思念。

只有一張地圖和一本口述歷史，就要上路了嗎？那到底是什麼樣的一段路程？你期待旅行能帶來什麼嗎？而到底，為什麼要在七十年後重新去走這趟路呢？難道你以為七十年還會留下什麼痕跡嗎？上海那面照映過老人青春歲月的哈哈鏡，如今早已不在，你當真以為可以站到涵納流轉歷史的鏡子前（歪曲的），再看見些什麼呢？

但我找不到理由退卻，因為我曾經犯下了一個錯誤。這個錯誤講出來也沒人在意，不講更沒人知道。

＊

許多年前異想天開地對家人宣告我要拍攝紀錄奶奶的故事。這個計畫一直斷斷續續的進行，因為當時的我對於影片製作什麼也不懂，只有胡亂的熱情和衝勁。即使買了攝影機，也紀錄了不少片段，卻總摸不清頭緒如何剪輯。再過了幾年，拍片的朋友說了：「妳現在沒事，乾脆來跟我學剪接吧。」算好了荷包儲蓄能承受的時間，像旅行一般上路了。每日像上工一樣去朋友的工作室剪著自己的小短片，如此開啟了拍片人生，轉進影片製作的行業。當初想做的奶奶紀錄片卻因此也暫時擱下了。

終於著手開始剪輯奶奶的影片，是為告別式而剪。奶奶在我最忙碌的時節，在睡夢中過世了。暫時擱下的，最後才知道那暫時擱下其實是永遠。她過世一週內，我匆匆讀過先前爸為奶奶做的口述歷史，把奶奶將近九十年的生命擠進十五分鐘的影片中。

影像成了魔法，在密集的剪接期中我盯著螢幕召喚奶奶的神魂。影片的播放是降靈會。

一切的靈又因我們觀看而瞬間再現。

影片中一張奶奶逃難的路線示意圖，我特地作了運鏡示意逃難方向。就在這張圖上，原本該是順時鐘方向的路線，硬生生被我拐成了逆時鐘。我把這旅途方向由上海一路往西，直達了四川。我讓奶奶走了錯的方向。原來奶奶說了上百次的逃難故事我始終充耳未聞，現在才發現那些故事我知道得那麼少，少到有一天你毫無防備的被自己的無知打了一巴掌。這一巴掌，杳然無形，卻沉沉落在心底。

*

歷史會讓人記著，人類拖著影子往前走，踩在腳下的都是歷史。但更多時候歷史不存在。

奶奶的故事不再出現我的生活中，一切像是大雨過後太陽揚起，地上又是一片爽朗，毫無雨跡。沒人再問起那逃難之路到底怎麼回事？

窩在早春的被窩裡就著檯燈看著奶奶的逃難路線地圖，手指過每一個老人青春時走過的城市。我可以如此用手指劃過千百回，猜測家中餐桌的某道菜很可能是她戰時流離之際學會的手藝，但我永遠不會知道她走過的路是什麼樣貌，我們吃的菜到底是哪一個地方的菜。除非我重新用腳走過，每一個她到過的城市，穿越每一個她走過的邊境，找到屬於她的味道，並且把味道留下來。於是找出了一張新的地圖，拿出紅筆開始圈出地名。就像賣火柴的小女孩，我想像點一根火柴可以見到逝去的奶奶，邁出的每一腳步，就是一根火柴，那閃爍短暫的光芒，或可讓兩界重逢，讓微弱的庶民歷史激起些許火花。

三個月最後走到上海，才知道大世界的哈哈鏡沒了，上海新認識的友人跟我說，蘋果電腦裡攝影自拍軟體有種效果就是哈哈鏡，打開電腦就有了，妳特地繞了那麼大一圈來找？我對他笑了。他打開他的蘋果電腦，幾個人對著視訊攝影機擠眉弄眼，還是彩色的呢，電腦把我們變成了哈哈鏡中的可笑模樣。就這樣，在上海的黃埔江邊小宅裡，我照到了哈哈鏡。

但終究旅途並不是為了尋得那面鏡子，旅人慢慢懂得了，走在旅途中你就已經入夢了，成為鏡子裡的影子，成為古老故事的一部分，你是故事的延續。生死不是兩界，而是一條線。旅途的最終換來的是哈哈一笑。然後你會明白這不是為了思念，而是告別。在夢中在鏡子中重新認識老人以及那整個屬於她的時代，好好地記住，然後說再見。

第一章 上路去

時光機（台北）

大概十歲左右，我們家社區正前方還有一條小溪。那是基隆河上游的小支流，在還沒截彎取直的年代，溪的兩側有樹叢、有竹林，還有夏天喜歡有水的野薑花。一個秋天的午後我記得，奶奶與我祖孫倆晃悠晃悠到了小溪旁閒看。

「野薑花！」

祖孫倆都樂了。可這欉野薑花在與路面落差幾公尺的小溪床對岸，得要下切溪床才能摘得到。

接下來這一段，孫女一直記得：七十多歲的奶奶跟小女孩說，妳在這等著。她捲起褲管，窣窣地往溪床下鑽，撥過雜草抓著旁邊的樹幹，來到了水邊，可能還涉過了淺淺溪水。再過一會兒，老太太又回到了孫女面前，手上已經有著一把清香的野薑花。

過了幾年，蜿蜒的河道動了工程成了水泥控住的大水溝，野薑花自然沒了，老人逐漸變老，女孩長大，不再去河邊看花，大部分時候都並排坐著一起看電視。

我一直想說說這個花香的片段，卻無從說起。這個沒頭沒尾的記憶似真似幻，到底是哪一年？是小女孩要求摘花，還是奶奶自己興起，都已經無從證實。而這是我能記得奶奶最「年輕」的樣貌，再早的記不住了。

我想記住的大概都是這樣的小事。

某個冬天傍晚回家偷吃電鍋裡新煮上的紅燒肉卻被抓包，夏天窩在開了冷氣的奶奶房吃白木耳蓮子湯，聞著床頭櫃奶奶用醮了水的衛生紙包著玉蘭花香，乖乖張著手臂當老人家的毛線架，讓奶奶把舊毛衣的毛線拆了，一圈圈繞在手上。或是，學著用手帕摺出雞蛋、香蕉等各種玩意兒，都是在柔軟的大床上玩著。

童年的色澤，是努力去追想就會閃逝的顏色。你無法指認，只能任由小事在腦中漂浮，難以捉摸。

等我學會了剪接，發現記憶是能夠捉摸的，在剪接軟體裡，聲音影像文字都可以重新鋪排。如果巧妙，記憶會閃爍發光，與心中的頻率共鳴貼近，人們的感情獲得一點點釋放。遺憾可以少一點點。

漸漸了解我的拍片工作是把時間空間打掉重來。拍攝的時候在擷取時光，我們進入別人的生活，錄下片片段段；到了剪接，我們擺弄素材，穿梭在不被限制的時空之間，用剪接軟體創造出新的心理狀態。但從來也沒想過，一位親人的死亡也是一長串繁複的剪接過程，你決心把所有的記憶畫面與聲音灌進自己的腦中，蒐集了家人們各自記得的片段，組織起來，重新剪出一個能夠更理解逝去親人生命的版本。

出發前夕，我還每天趴在電腦前奮力結案。試圖把故事凝固，讓它就此確定不再流動。但我心裡明白自己即將要進入另一場大規模的剪接後製期，是關於奶奶的故事、家族的來歷、以及我對逝者的追尋。這場剪接的素材不是影帶、檔案，卻是記憶、歷史與味道。於是告訴自己，上路去吧，去找到更多故事放進腦中的剪接軟體，期待自己有一天有能力表達出這份情感。

*

要出發的公寓是我跟奶奶居住的地方。

大學以後雖住在學校附近，假日回家回的便是奶奶家，之後跟著搬到新的公寓。幾年來我搬進搬出，屋子裡總有一間是我的房間。奶奶雖然喜歡我跟她住，她自己卻也還有其他念頭。十幾年來偶而嚷嚷，要去蘇州買個小房子跟她的妹妹住，隨著時間過去年歲漸老，終究奶奶還是守著台北盆地邊陲的屋子慢慢地越來越老。

奶奶也是在這房子過世的。

年過八十五歲，奶奶都還能自己上菜市場，拎了大包小包回家。再過幾年，市場熟識的菜販讓奶奶先回家，到了收攤再開車把奶奶買的菜，全部一次送到家。等到老人家更老了，摔了跤，沒辦法出門走動，甚至需要臥床，家人們費盡千辛萬苦請來了一位菲籍看護Everlyn。

兩個語言不通的人也逐漸有了溝通的方法。奶奶都叫她妹妹，妹妹叫她奶奶。早上兩人吃了早餐後還會一起喝咖啡，妹妹也在小叔教導下學會越來越多家常菜。原本因為行動不便而挫折的心情，因為妹妹的專屬照顧有了穩定的力量，奶奶神情中少了一絲對迅速衰老的無奈與驚慌。家人們也不用擔心她精神身體狀況不好時，會半夜睡著了還忘記關電視，甚至疑惑電視裡的人走出來跟她說話。

妹妹待了三個月，奶奶在她的鼓勵下，表演了繞行客廳一圈給大家看。背脊挺得直直的，助行器卡啦卡啦地輕快前進，讓人一晃神好像看到三五年前的她，那個每天搬菜籃上樓梯的硬朗老太太。真神奇啊，本來已經臥床不願意起身了呢。大家都開心不已，以為時光真的能夠倒轉，健康能恢復，人的意志勝過一切。沒想到那是傳說中的迴光返照。

爸媽彼時並不在台灣，兩人因工作暫居歐洲一年，託我幫他們看房，也估量奶奶的健康良好才放心去國一年。前幾日也才向他們報告一切ＯＫ。原本期盼奶奶可以好轉，卻在一天清晨六點被電話聲吵醒。一看是奶奶家的電話號碼，接起來是Everlyn的聲音。講不清楚，只是哭喊，電話這頭我心中怕是我怕的「那件事」。那哭喊的聲音，是長久以來害怕通知「那件事」的聲音，只是不會知道是這樣來，也不確定到底是不是？

胡亂套上衣服、找鑰匙、打119、確認如何取消119之後，衝回奶奶住處。開門進門，菲傭妹妹慌到不行，只是哭。房內床上，奶奶像是睡眠中。我蹲下喊她。太像太像只是睡著，我再輕輕喊她。

也許是因為我第一個趕到，見到最後一面時我心中還認為她在。但我慶幸我第一個趕到，有一個認為她還在的短短的片刻。那個短短片刻，我不願意承認死亡降臨在我最熟悉的屋子中。

但，終究生死是自然的，我們都大驚小怪了。

救護車趕來了，兩位隊員進來一看就說已經走了幾個小時，接著小叔姑姑家人們都陸續來了。開死亡證明的老醫生來了，給了我們一張紙，家人聯絡的殯葬業者也來了，黑衣黑褲白手套，死亡的相關種種是他們的工作項目，他們有著職業性的哀戚表情。接著大家都來了，所有能夠及時趕到的人，都來了，一屋子人，有著脆弱的哀戚神情，帶著不知所措。

我走進躺著奶奶的臥室，把門關起來，兩種哀戚表情都在門外，給自己與奶奶獨處的時間。五分鐘，坐在床邊小藤椅，昨天我就坐在這裡跟她一起看電視，是韓劇。她從來不需要徹頭了解劇情，要是她睡著了沒看到，這些電視劇總是在重播，總是能夠從片片段段又接回故事線。但人生顯然是無法重播了，我只能望著她，她彷彿睡得很熟，我忍不住對她喊了幾聲「奶奶，奶奶」，沒有回應。外面家人在喊我，我說等等。我想再看她一眼。因為我知道，再一眼，就是永遠的離別了。

＊

半年後，在雲門流浪者計畫面試的會議室裡。

我走進去面對三位藝文界老師坐下來，一整天的面談讓他們顯得有些疲累。他們見我進來了，開始低頭看著薄薄三頁的企劃書。企劃書有規定長度，把龐大的情感壓縮在幾百字裡面，實在太難。

他們要我說，於是我說，要去考察奶奶的食譜故事，要去走一趟她七十年前的逃難路線，要搞清楚我們平常吃的家常菜到底是什麼菜。在此之前我寫過很多企劃提案，下過很多煞有其事的標題，卻從來沒想到有一天要把自己的情感下標題，報告給評審聽。我喉嚨有點發緊。我不敢拿起紙杯喝水，怕手抖。

並不是特別緊張，而是情感太直接而裸露。而且，誰會在意你家的故事，你家吃的菜，和一位默默無名老太太的逃難路線呢？每一家族回頭望兩代，都是半部近代史，你對死亡的大驚小怪、對逝者的記憶絮語又有什麼特殊呢？我不是來用哀傷競賽，只是確實感受到世代移轉的齒輪聲音，這哀傷非我獨有，是我現在才聽到那聲音。

幾位老師問些什麼我已經不記得了，只記得林懷民老師說了據說是跟大部分人都講的話：「如果妳去，妳就放空，什麼都不要想」。

我心想真荒謬。一個充滿思念的人，如何什麼都不想。

但我明白這個叮囑雖然矛盾卻是溫柔的。雖說流浪，又要計畫，這真是個需要用智慧琢磨的微妙意境，每個申請者都在計畫與非計畫之間陳述想出走的真實期盼。喘一口氣，大家都想。沒多久我接到了通知，獲得一筆旅費，以及一個「你就放空」的錦囊，但我能夠理解這曲折心意。這時代，能夠放空是一種奢侈。單純的流浪應該就是沒有計畫地遊走吧，不單純的我們只好試著學習在計畫中放棄計畫。

而我的計畫是穿越時空。在真正穿越之前，必須簡化一切所需。

出門旅行前一天晚上，我把所有表列的行李清單放滿了客廳地板，地圖攤在地上，預計要去的城市有些已經用紅色的筆圈起來，其他的不打算仔細去想，先上路再說。說不上籌備，只準備好了第一個落腳處，其他的只能告訴自己見招拆招。

第二天的飛機是早上七點，四點得起床。這一次帶我疏離時空的不是剪接軟體，而是我的雙腳、我的記憶、和歷史的想像。即將要前往的歷史接縫處，是民國二十八年，一九三九年，夏天的越南。

越南行（越南）

飛機再過五小時就要起飛。半夜兩點終於把大背包束緊，爬上床胡亂一陣淺眠之後，清晨，我人已經在載滿越籍配偶與勞工的飛機上了。往南洋的高空中，有歡樂的氣氛。一整機艙的返鄉越南人，像小學生坐遊覽車校外教學，交換即時心情，也對機上事物指指點點。妝容細膩的越籍空服員更像是老師了，對著一大群雀躍的同胞乘客，面露些微不耐。一下吩咐要繫安全帶，一下子吃飯了要坐下，熱鬧哄哄地讓機艙都熱了起來。

一九三七年，松滬戰爭爆發，抗日戰爭全面展開，走不了的人待在日本佔領區繼續過日子；轉往四川大後方的難民們有一條海路可走，就是經香港、越南的這條路線，梁思成、林徽音、沈從文的妻子都曾這樣到達昆明。當年的越南已經是法國殖民末了，也是日本軍國覬覦的一塊肉。

上海有兩位年輕女子，一位叫做徐留雲，另一位是于月寶，兩人是大時代裡默默無名的平凡人，跟那些有名的文人一樣，也走上流亡的路程。徐留雲後來成為我的奶奶，但逃難時她都還沒有結婚呢，二十一歲，在村子裡算是晚婚的了。當時中國旅行社承辦逃難行程，徐留雲于月寶拿著生平第一份護照，從上海坐船花了四天到香港。抵達了船錨的鍊子卻纏上葉板，無法登岸，等蛙人下水去挖，又在海上漂了一天一夜，終於上岸。到了香港再轉船去越南。

*

二十一世紀，香港到越南間的船早就停駛，我不死心還查了半天，最後決定直接飛到越南。奶奶踏上的越南是在大國勢力間求生存的國家，我踏上的則是資本主義正在興起的市場，各國資金與企業也緊盯著想進入此地，現在各國投下的不是砲彈，而是金彈。

河內整個城市是座工地。建築慢慢長出，路面整日灰沙，沒有交通號誌，遇到十米寬的交叉大路口，沒有一台車會停下來，四面八方所有車輛都以極緩速度彼此交錯通過。只要夠慢，又一直按喇叭，秩序會自動出現，只要確定自己的方向，壓緊口罩（在河內騎車不能沒有口罩），一定可以順利到達目的地。

朋友蚯蚓在此地工作，友人哈克又從澳洲來拜訪，幾個人決定異地小聚。蚯蚓呼朋引伴招來越南友人，這幾日就跟著他們騎機車在越南穿梭。載我的越南女

越南河內交通

孩叫做「菊」，皮膚白皙笑容甜美，戴的是馬術帽模樣的安全帽，騎打檔的小型機車。比我矮一個頭的她，載著我在車陣裡東鑽西跑，毫不遲疑。接下來一個下午的相處，她已經成功地教會我用越語說「沒有風」、「熱」、「有一點熱」、「很熱」、「非常熱」了。

夏日河內每日中午溫度將近四十度，實在受不了。十一點到兩三點之間，熱得動彈不得，有幾日中午我跟哈克兩人呆坐在院子屋簷下，等午後陣雨。夏天是越南的雨季，也唯有下雨時才會降溫一點點。奶奶當時短暫路過越南，沒有多加紀錄，只說搭乘火車到了邊境，我也設定在越南遊歷一番最後去老街，接上奶奶路線。

越南小吃店

越南機車旅遊渡河

蚯蚓一聽我要去老街，便積極組織「機遊」團，想趁此機會一起去邊境的沙霸山區。「機遊」就是機車旅遊，越南年輕人非常風行這種旅行方式，幾個人騎車出遊，一騎就是三五百公里。看似小巧的100c.c.機車，其實是輪胎較大的打擋車，男生女生都會騎。我們的計畫是，把機車運上火車到了北邊再輕鬆繞著邊境山區騎。旅程結束後我往中國去，他們幾人再騎車回河內。

幾通電話之後，成員確定了，第二天晚上連人帶機車全上了火車。前往沙霸的夜車上，一行五人在臥鋪勉強睡了一會兒。第二天的行程是去攀登中南半島最高峰「番西邦峰」，海拔三一四三公尺，許久沒有登高山的我不免緊張起來。我知道前一天沒睡好要登山是件痛苦的事。蚯蚓、哈克都是登山老手，兩人安靜地閉目養神，我卻因為擔心更睡不著了。悠悠晃晃，清晨五點，終於到了北方城市：老街。

車站很多西方旅客，擠滿了拉攏生意的司機、導遊，我們這台越夾雜的隊伍很快就脫離了糾纏，找到了預定的司機，與登山嚮導碰面之後，整理裝備準備上山。

*

幾年前開始爬高山，幾次回家把鍋碗瓢盆拿出來洗，腿上是傷連指甲都黑了，奶奶看到直說是「自找麻煩」。帶著鍋碗瓢盆旅行的生活她年輕已經歷過，一點樂趣也沒有。她的「玩」是悠閒的吃喝看風景，但要等年輕人有空有心才能陪伴，她怕麻煩人，絕不主動開口。

她八十多歲的時候，雅茹表姐的公司旅遊要去北海道，可以帶家屬同行，表姐試探問了老太太。老人家考量多，總是難以捉摸，有時候拒絕或答應背後都還有心思。就怕是她想去又假意推辭，又怕她答應了卻反悔，我們揣摩老佛爺的心思，抽絲剝繭好像辦案。

這一回，老太太也沒有正面回應要或是不要，只是很有意思的回答：「我已經六十年沒看到雪了。」就這句話，知道她想去。我們姊妹四處幫她張羅了雪衣防水褲球鞋，照片裡她穿淺藍色的羽毛大衣配上潔白的頭髮和墨鏡站在雪地裡，真是個摩登老太太，成了那一團的寶。

隨著攀爬高度降低的溫度，我想到了她開心的模樣。六十年前她在上海碼頭看雪，六十年後，外孫女帶她北海道看雪。

我爬得氣喘吁吁無暇說話，被兩個越南年輕朋友用越語笑稱「老太婆」，我也無力反駁。有一天我也會

越南沙霸山區，苗族區

成為真正的老太婆，到時候也能像奶奶一樣，讓人記得又傳遞溫暖嗎？腦袋胡思亂想，走路也開始「腳無倫次」，體力不支。終於在幾近六七十度山坡放下背包，由黑苗族的挑夫幫忙背，也暫時卸下回憶專心走路。

*

爬山永遠都是用緩慢堆積速度，每一次都只能照顧一步，每一步搭配著呼吸，一點一滴往前走，不知不覺也會走得很高很遠。但行前缺乏鍛鍊的我，走到第二天二千五百公尺的時候，竟開始上吐下瀉，攀升到二千八百公尺的營地，同伴們要繼續前往頂峰，我決定待在山屋休息，與黑苗族的挑夫們作伴，等夥伴們攻頂下山。

躺在山屋裡，罵自己遜，這樣的高度根本不算什麼。沒有體力準備，旅程才第七天，在前不著村後不著店的山上喝水都吐，吃了東西又馬上腹瀉，真是慘。有點後悔沒有充分體訓，也後悔爬山，但這一路會發生什麼事情誰也不知道，才一出發就後悔也實在澆自己冷水，我只能祈求能好好照顧自己到下山。

當天晚上大夥兒都聽到大通舖床板下有老鼠竄跑吱吱叫的聲音，我們把所有食物都綁在木樑上。夜間下雨了，十度以下的低溫感覺更冷了，半夜我又起床腹瀉，穿著雨衣步出山屋在露天山中拉肚子，我心中默念阿彌陀佛、觀世音菩薩、奶奶都保佑我不要一直拉下去了吧。顯然沒用，直到天亮前我又起來好幾次，連老鼠都睡了我還醒著。

最後一天下山，我撐著兩隻黑苗族挑夫撿來的木杖，心裡數著步數一、二、一、二一步一步從二千八百公尺高度走回一千三百公尺。肚子空空，只能靠自己雙腿的這幾個小時，本來笑我是老太婆的年輕越南男生，沿路給我吃他帶的葡萄糖粉，看我體力稍微好轉又繼續叫我老太婆。靠著之前登山經驗殘存的下山小技巧，安然地回到登山口。

上了小巴士後，心想一切都搞定了，想放鬆自己在山路上想睡一下，突然胃腹一陣酸，扯出前座背袋的大塑膠袋（顯然司機是有所準備的），義無反顧大吐特吐，全是黑色的水。想來是沒有食物也沒有胃液，只有膽汁和水了。奶奶一定會笑我，何苦呢。傻孩子。誰叫妳不按照我走的路線走就好，爬什麼第一高峰。

算命的都說屬馬的奶奶，是一頭很會亂跑的馬。當我為了工作、玩耍到處跑不回家的時候，一回到她身邊，奶奶會捏我的手說：「妳喔，是不是遺傳到我很會亂跑？」

那口氣又責備又疼愛又有對自己衰老的無奈，我一定會回：「哪有，我很乖，現在不就在家裡。」現在奶奶已經不在，家裡沒有人開燈等門，我該跑遠一點，跑累一點，順便把老人家這一生沒有玩夠的都一起玩回本。而我也相信，這一路奶奶是陪著我的。

但才出門就虛脫，把整個人都掏空了，也是始料未及的。這也算是一種放空嗎？大概身體需要適應行動的生活，因而作了劇烈的調適，把舊東西都排除了。

下山後，腹瀉肚痛稍微減緩了。又跟著友人們在中越邊界山區機遊了數日，騎過了山區石頭路，又推車上船渡河，一路風沙。幾日下來，幾乎都不吃油膩，還是有點虛弱。我算算時間差不多了，該回到奶奶的故事了。一行人回到老街，在路邊飲料攤各自喝了冰綠豆沙，舉杯告別，我背起背包獨自過橋走進中國，也默默期盼一人旅行的開始，身體也要堅強起來才好。

邊境的聲音（河口）

在中越邊界城市的小旅店沖了涼澡，折疊好原本身上汗溼的衣服塞進塑膠袋，稍微鬆了一口氣。

剛剛徒步走過邊境的陸橋進入中國，這裡是中國與越南交界城市：雲南河口。陸橋兩頭來往的都是人與貨，連日來越南的悶熱高陽曬得我已經沒了人樣，背著大包頂著短髮一身土灰灰的衣服，涼鞋的腳趾頭一直感覺有汗粘著沙。

如果都市的生活傾向潔淨，是在累積人生中清潔用品的劑量，追求深層的、全面的潔淨，以廣告中明亮的人生為目標；那麼，旅行就是重新定義骯髒的過程。你總是髒的，臉上有油、褲子有灰，你卻有種乾淨氣質。因為穿越時空，心裡會開始清明。背包內全是髒衣服，越南的汗水和灰塵也在身上，但煩惱留在台北，那混雜了一切的一切。

如果幸運，旅行可以把心洗過一遍，在路上手指甲縫隙總是黑黑的，這樣的指頭撫過書頁文字，會讀出句子新的感受。如果不幸，旅人什麼都沒有改變，又回到了家鄉，體內塵垢執著還在，人生似水，注滿了還是同一個味兒。

越南太熱，這地方在玩一種溫度遊戲，測試到幾度能夠把過往全都融化。耳邊越南女聲柔軟輕盈的口音開始讓我昏昏欲睡，吃了一個禮拜魚露口味的食物後，該是揮別越南友人，展開一人旅程的時候了。

*

進入中國邊境，放眼望去海關沒有遊客，也沒有冷氣，都是當地人進出，排隊隊伍散發著燥熱。輪到我了，中國海關人員摸不著頭緒地看著黃綠色的台胞證。鮮少有台灣人由此入關，一時間工作人員不知如何處理，進出的中越工人商人眼角餘光都打量著我。

「這證件我要請上級看一下。」穿著綠色制服的女海關沒表情的說，「妳在旁邊等等。」一旁立著的年輕男公安卻很熱情，小聲確認「台灣來的？」看我一個人背著大背包又輕聲嚷著「背包太重，我幫妳卸下來休息一會兒吧。」我說上肩下肩很麻煩，寧願背著等，他卻把電風扇拎到一旁，要我站過來點吹風。「南方實在太熱了！」他說。順便還說了他是江浙人。

不一會辦公室裡走出了上級，非常仔細地研讀了證件首頁（仔細到差點讓人以為證件數字之間藏了神秘文字，只有「上級」看得見）。他終於有了頭緒，給了一張小單子填寫，宣示你被允許進入他的國土。

這時背包已經在年輕公安堅持下卸下放在地上了（下肩時他還幫我扶著背包）。那張單子讓我順利過了關，年輕女海關最後檢查照片想確認我的臉，證件照那個挽著髮又上妝的女子顯然與眼前汗味背包客差異甚大，但她勉強承認了我們是同一人，決定放我走，並請我在她檯前選擇「不滿意」到「非常滿意」的服務態度選項按鈕。我按下了「滿意」，她給了一個迅速的笑容，迅速到我以為那是錯覺，以為有一瞬間逃逸了大國追求文明的形式主義，有了一點真誠的交流。

接著我被指示挪往前掃描行李，年輕公安立刻向前替我把沉重的背包搬到掃描處，再撤回他

站崗的位置，遠遠對我頷首微笑。

*

掃描機掃出了行李中書本的樣貌，立即又引起討論。

「拿出來瞧瞧。」沒有主詞，只有動詞。叫你作啥就快動作。費力從底層翻了出來，一本英文旅遊書、一本《百年孤寂》、一本奶奶的口述歷史。公安警員各自拿了一本研讀了起來。他們低著頭翻過一頁又一頁，像書攤前研究著這書值不值得買的下班工人，但其實他們想搞清楚這幾本書的背後意識形態，無奈英文與正體中文不是公安的強項，三人就這樣翻了幾分鐘沒說話。

十多年前父親到中國參加研討會，帶了一批書籍，在機場被攔下來，公安對其中一本批判共產黨的書露出「這樣很麻煩喔」的神情，卻不說話只拖延時間。記得父親在機場與說不出所以然卻遲遲不放書的公安耗了一會兒，書還是被扣下了。握有權力的人有拖延的優

河口，中越邊境

勢。他們沒有每日早晚各一班的長途公車要趕。

眼看當天最後一班到昆明的車可能來不及了，我決定對穿制服的三人解釋自己，指著英文那本說「這是旅遊手冊……」（是本背包客聖經Lonely Planet，談及政治與人權，在中國被禁，當然我沒說出口。）英文書第一個被放下，接著是小說。「只是一本小說……」幸而《百年孤寂》這書名沒什麼疑點，公安卻還是問了「這書講什麼？」「呃……講一個家族的故事……是……」不知如何再作解釋，小說被放下了。

最後一本是奶奶的口述歷史小冊子，簡單說明了我是按照書中的地圖來重走一趟奶奶逃難路線，書翻到地圖那頁，三人看了都抬起頭來，找到了可以交代上級長官的答案：「哦……妳是來尋根的。」三人鬆了口氣。我不知道是否解釋了自己，但這答案讓兩方接上線了。

「哦……嗯。」沒有承認也沒否認。

「來就來，帶那麼多書，很重的。」

挑剔戒備的眼神突然變成叮嚀囑咐，書全攏好收齊了，還扶著包讓我塞書打包。速速把書擠到背包內，再三道謝順便問了車站在哪裡，三人熱心告知。走出海關站，這下子才算正式進了中國。放眼一望這叫做河口的邊境小城，人車貨沓雜，地上多是黑油或痰污，地面熱呼呼把各種味道蒸在空氣中。

奶奶多年前也走過這座邊城嗎？我是來尋根？

*

「一個人如果沒有親人埋在這片土地之下，就不算這片土地的人。」馬奎斯說的。《百年孤寂》那頁我還折了角，海關警員沒有讀到。

那麼多年以來，我們聽著祖輩移居島嶼的故事，終於我經歷了第一次的親人過世，參與了埋葬的儀式，感覺自己有了扎實的根。那些根在小時候就種下了，是午後廣播裡說書聽罷，我們纏著奶奶說故事。小時候總是故事聽了再聽，奶奶說完了，我們嚷著再說一次。

立在人蛇雜處的口岸城市，我出來是為了要找我的奶奶徐留雲，還是來找我自己？無論如何，得先找到車站，買張夜車票，然後找個小旅店在上車前梳洗一番。經過半日折騰我簡直臭氣沖天。

不慌，依序辦理。買好兩小時後發車的汽車票，找了間簡陋的鐘點旅店，花了十元洗個澡。當我在小旅店沖了涼澡，折疊好身上汗溼的衣服塞進塑膠袋，稍微鬆了一口氣。正想翻出書來讀讀，木門有急促的敲打聲。

「妹妹！妹妹！」這裡對年輕小姐都是這樣稱呼。

開門一瞧是個赤身大漢，著急地說：「妳的車要跑了！」心想怎麼會，明明還有整整一小時，我東西還散著呢，剛剛也跟門房女老闆說了發車時間，怎有人來胡報消息。他見不信，指著他的手錶說：「這裡跟越南時差一小時啊，過了陸橋進中國就要撥快一小時的！妳趕快去，車要跑啦！」一聽一驚！連忙將所有東西扔進背包衝了出去。

小旅店就在車站對面，身負十餘公斤跑步還能如此迅速，我真佩服體內的腎上腺素。無奈到站時只剩售票窗和沒有表情的女售票員，車站空無一人。隔著玻璃窗問她：「車子跑了怎麼辦？」她緩緩抬起頭來，「一天兩班，就坐明天早上的唄。」

話沒說畢她頭又低了下去。我可不想白花那一百多人民幣，這在旅行者眼中已膨脹成一筆揪心打肺的龐大數字。只得再問，沒別的方法嗎？女售票員又抬頭瞅了我一眼，娘娘施恩般說了個地名，「車子會先到南溪檢查站過關，要停一會兒，你到前頭去打車，說不定趕得上。」打車就是叫計程車，我連忙再問：「怎麼寫？南西？」女售票員娘娘不情願地拿出紙筆寫了「南溪」遞給我，我一看，她還順便寫了車子的車號。真是面惡心善啊。

「沒別的方法嗎？」這句話原來這樣好用。後來歸納出一個結論，你得清楚的表達你自己。你要便宜點、你不要吃味精、你不要因旅社訂床疏忽臨時被趕出去，當對方唬弄打發你，追上一句堅定強硬的「沒別的方法嗎？」，杵著不走，通常對方就會摸摸鼻子想出辦法給你。

跑吧，繼續奔跑！捏著那張寫了「南溪」二字的小紙條，在大街上放走第一台不肯載的車，上了一位老師傅（中國喊司機都稱作師傅）的出租車，談好了價碼就直直衝了。正想著請師傅再加速快行，他卻在路邊停了下來，說要順道載他的老鄉，老鄉也要去南溪。老鄉慢吞吞的，真讓人頭發昏。

老鄉上車後，兩人就這樣你一句我一句說著我錯過了班車要趕車，還猜我哪裡來。他們說四川話，我其實聽得懂，只不會說，心急岔嘴了請師傅能不能再快一些？順便補充說明我台灣來的。他知道我聽懂他們說話，才用普通話問了，妳是要去南溪檢查站嘛？一聽我頭又昏了，剛才上車才講的！當然是啊！要趕車去昆明的啊！師傅才想起什麼似的說，哎呀妳不早說，我認識那裡副站長啊，我撥個電話請他把車子攔下，等等我們。

不早說的是師傅你吧！哎唷我的媽。不過他說要車子等「我們」，應該是願意幫忙了。他揣起手機撥了號，告訴了售票員給的汽車車號，聽起來沒有確切的結論，還是得繼續趕路。前座老鄉這時回頭了，五十開外的一個阿伯，笑咪咪的說「來玩啊」。

父輩眷村腔是以川音為基底，這腔調我聽慣的。口音像密碼，冷不防就鬆動了心裡的緊張防備。我說是啊，下個月還要去四川繞一圈呢。老鄉一聽來勁了，轉過身來說：「要是去了成都我叫我兒子陪你去逛逛，我兒子在成都。」阿伯拿了張紙寫了個號碼遞給我。接著他轉過頭去，跟司機兩人開始算國民黨敗逃台灣多少年，又說真想去台灣玩玩，聊了半晌到了老鄉家，他慢慢下車兩人還又閒話了兩句，我們才又上路。

這路途原來不近，從頭足足開了半小時，為了加足老爺車的馬力還把冷氣關了，熱出我一身汗，終於看見幾輛大巴停在前方，比對了車號，沒錯，就那台。師傅下車前收了我們談定的車資，本想他這回應該賺到了，正要揮手再見，他卻說：「等一下就說妳是我表妹！不然他們不一定讓妳上車！」他是好人做到底了。一下車他一箭步上前跟穿制服的人說話哈腰，果然聽見他說我是表妹，說畢立刻轉頭招手要我趕快上車，果然那些穿了制服的人沒有好臉色瞅著我看，下巴抬得高高的微微點了點頭。客車大巴司機幫我把背包扔進了下層行李箱。我回頭跟師傅招手再見（沒喊他表哥就是了），他說「沒事兒沒事兒」。我還想上車了當然就沒事了，後來才知道這是「不客氣」或「沒關係」的代語詞，全中國都把這句話掛嘴邊。

整車的人很稀奇盯著我上車，客車司機回頭問我是不是韓國人？我搖搖頭，顯然假裝表妹這招根本太故意，一看就是外地人。司機指了最前排中間的鋪位，妳就睡這兒。這才看清楚，車上三排窄小的鋪位直直地從車頭連到車尾。中間這排兩側是走道，我很幸運還有下鋪可睡。

只是，這一路從越南過邊境又混戰地趕上車，根本沒有準備隨身糧食，連一滴水也沒帶，車程至少十二小時，看來這將是漫漫長夜了。不過也好，我的腹瀉也還沒全好，喝水吃東西反而危險，再淨餓一夜比較好。我可不想在路途中發生任何「意外」。摸摸鼻子窩進了鋪位，車子緩緩開進往昆明這段崎嶇的山路。夜降下了黑幕，上一個坡又轉一個彎的，一車子汗味，車子左搖右晃，乘客陸續瞇上了眼。初次的山路夜車不好捱了。

＊

「在一個陌生的小鎮獨自一人醒來，是這個世界上最愉快的感覺之一。」活了一百零一歲的旅行家芙瑞雅．史塔克這樣說。而我發現，到達那個小鎮之前（隨便哪個都行），在陌生的夜車臥鋪上獨自一人醒來，一整車人都在睡，風景在夜裡持續往後退卻，也是這個世界上最神秘而愉快的感覺之一。

我再次鬆一口氣。夜半，二號司機換上了手，一號司機在臥鋪躺下，繼續開過一村又一村。回想一整天像個二楞子的奔波，彷彿進入了公路電影，當下一點也沒有旅行的浪漫，只有狼狽。摸摸肚子，不感覺餓也沒有不正常蠕動，應該可安然度過此夜。

躺在不算乾淨的枕頭上，摸出iPod按下按鈕，奶奶口述歷史的錄音在汽車行駛的吵雜聲響下流洩。這是爸爸幾年前利用平日午飯時間回去陪老母親吃飯，飯後連續劇看罷，有一搭沒一搭訪問老人家年輕的故事。看似隨性卻仔細錄製起來，從小時候的上海時光一路談到八十好幾的老年歲月，總共有八個數位檔案。

講話的時空是春天，奶奶的聲音清朗有力。黑暗中，就著螢幕的光找到了奶奶從越南進雲南的錄音，編號第三的檔案。一聽要命。聲音比影像更驚人，它太擬真的過份。聲音全然複製了聽覺，在沒防備的時候讓你與另一個時空對撞，來不及閃躲把人整個拖入故事。

但我真的來到故事中了，來到老人曾經走過的地方，用眼睛看著妳曾看過的景色，耳朵聽著妳曾聽到的聲音。中間橫亙的是時光，但如果可以，我們祖孫隔著錄音機來說書，奶奶，請妳再說一次吧。

生病的食物（昆明）

清晨的昆明意外的乾淨。我已經餓了兩頓飯，剛好靜止腸胃暫停越南的腹瀉。由臥舖將醒過來時看見市區，車子駛往車站停了下來，司機下車去了，車上沒人動身下車，有人醒了，翻個身又閉上了眼，才清晨四點多。沒人動，那我也不動吧。

天色只剛剛亮白，感覺臉上浮了一層夜晚睡不好會出現的濁油，整車子有臭腳味，有人開了窗，高原的風稍微透露了進來。看來大家是要在車站睡到天亮才會下車，那就這麼辦吧。

拉包車生意的卻上車來了。

「坐車嗎？起來囉！坐車嗎？快起來囉！」叨叨唸唸的不像是在拉生意，倒像是老爸老媽在叫兒子起床，唸兩下還不耐煩，越喊越大聲，有乘客不耐轟他下去。

車站停著幾十輛四面八方來的大巴士，張眼一瞧，車下都是拉生意的，才想到我還不知道該怎麼去找落腳處呢，這一下車我一定像塊肥肉，禿鷹都要來了。

僅有的包，僅有的現金都在身上，初初旅行總把自己緊縮成一隻蝸牛，框上了殼也恨不得隨時可以蜷進小世界隱形緩步。越沒勇氣的時代，越喜歡彰顯勇氣，所以我最怕人家說「一人出來旅行好有勇氣」，所有的讚美都只說明了我所缺乏的。七十年前那個更大的時代，更亂的世道，該上路的時候就上路了。我的奶奶徐留雲，在二十一歲開始了她的旅程。

*

爺爺瞿順卿一九三七年五月離家出門打工。他是一名白鐵匠，也會做蓋屋工程，出師之後就自己包工程，與人合夥。兩年前他才與表妹訂了親，表妹正是徐留雲，我的奶奶。

那年頭沒有六等親不能成親的規定，這婚事是親上加親，爺爺的母親是大姐，奶奶的母親是小妹。對奶奶來說，大阿姨成了婆婆，原本就是一家人，應該是一件開心的事。訂婚後他們來往也不多，只約定了兩年後結婚。

二十六歲，爺爺工作回家休息了一個月，他的媽媽不停埋怨兒子沒有賺錢，作兒子的禁不住煩，出門去了。說是去南京討生活，一出門，蘆溝橋七七事變爆發，戰火蔓延，一斷訊便是兩年。

兩年後人在四川的瞿順卿來了信，信裡還有一筆錢：「妳如果還沒結婚，我也還沒結婚，現在可以來了。妳願意來，就用這筆錢做路費。不願意，就把錢退回來。」還說要來的話，就與同事的妻子于月寶一塊兒來，有個照應。

徐留雲二十一歲，爹爹說還是去吧，訂了婚的。找到了于月寶，兩人結伴去四川的事就決定了。

中國內陸的交通要道都已經陸續淪陷，要去大後方得繞路香港、越南，再經過雲南貴州才到得了四川，這一路是先出國再入境，首先得辦護照。她們付了一筆錢給中國旅行社，打點好行程，大部分往大後方撤退的，都是國民政府相關的人員，她們一路就隨著大批流亡的人走。

一九三九年農曆六月，徐留雲與于月寶一起從上海出發，目的地是重慶。于月寶後來我們都喊她「屏東奶奶」。這一路遠行讓兩個素不相識的女子成了結拜姊妹，一起到了四川又一起回上海，最後都落腳台灣。一個脾氣衝一個脾氣拗，一個晚年獨居屏東，一個跟子女在台北，好幾年碰不上面。八十幾歲的時候，老姊妹倆偶而還要鬧脾氣。兩個上海女子，于月寶成了「屏東奶奶」，徐留雲幾十年後再回上海則被稱作了「台北奶奶」。

*

到了越南之後她們是坐火車到昆明的。

法國人修了一條窄軌火車，從越南像隻手伸進中國，也讓邊關古城昆明一躍成為西南國際城市。但滇越鐵路有八成是在險惡的窮山絕嶺穿行，上百個隧道橋樑，落差千米，火車的速度快不起來，因此它成為「雲南十八怪」之奇景之一：「火車沒有汽車快，火車不通國內通國外」。

一九一〇年完工時中國境內有鐵路的地方就不多，何況是通往國外的鐵路。我來的時候火車停駛了，只得坐汽車，汽車在山路上也不好走。路上有車拋錨，堵在路中間動彈不得，讓我們等了一個多鐘頭。司機要大家別下車，說很快就會開車了，下車抽菸尿尿的沒趕上車可不管。這樣唬著大家在車上鼻子貼著玻璃往外瞧，車子卻一動也不動。就這樣耗著，等了又等。我翻出地圖用車速換算距離，猜測這是蒙自附近的山區，前後村落都還有距離，一整排大巴小巴卡在路上，下車抽菸尿尿的人還是往前往後地看著，卻沒人說得清發生什麼事。

＊

手機沒訊號，現代旅人輕得像羽毛，飄到哪裡是哪裡，沒人知道你在何處。

逃難的時候，性命如羽毛，粘在泥土上了還得自己爬起來繼續走。徐留雲于月寶原本要從桂林走的，這樣不用繞道海外，但旅行社說桂林已經失守了，只好走滇黔。

一直在上海浦東打工的女工徐留雲，夏天本來該在港口冰塊工廠挑冰。那是勞力的工作，冬天把田裡放水結的冰用擔子挑到冰廠裡凍著，到了夏天再一擔一擔挑到漁船上。上漁船的窄跳板很危險，不小心會摔到船底下，下去了很難浮起來，隔壁村子裡的大姐就這樣死掉了。徐留雲總不怕，說穿上草鞋就不怕滑，每每搶著挑擔子上船，一家四口總是比別人挑的多，賺的也多一些些。

這樣的年輕女子拿著未婚夫匯的一筆錢，與並不熟識的于月寶，和大批由日本佔領區撤退的人全部聚集到了昆明。西南大城是落難地，讓大夥兒喘一口氣，再往偏遠地方撤離。

昆明現今不是逃難者落腳處了，世界各地來的旅人觀光客都來這裡了。這裡是世界旅遊地圖的一個亮點，外國人要進中國西南、準備進西藏的，中國人想去東南亞印度的，都來昆明轉運。好些人一待就是十天半個月，她有種偏遠而緩慢的魅力。

徐留雲、于月寶頭一回離家那麼遠，從口岸大城上海來到高原的城市，昆明也是重要轉運點，但背後的動力是戰火。很多人是從上海搭同一艘船的，國民政府鐵路局的人到昆明，財政部、郵政局的人到貴州。大家有各自目的地，能一起走一段的就結伴，該分手就說再見。

到了昆明，于月寶得知了丈夫在四川娶了新太太還生女兒的消息，一口氣嚥不下打算直接回上海。千辛萬苦都已經到昆明了，徐留雲勸她，先見面看看再說吧。戰時男人在大後方另娶太太的事很多，報紙上副刊還會以此做文章，很有現今兩性關係專欄的風格，只不過中間挾著的是無法左右的國家戰爭情勢。無奈之外，還有難以捉摸的人性與情感。

于月寶還是去了四川，也待到了抗戰勝利才回上海又到台灣。于月寶自己沒有子女，徐留雲便讓她作了大兒子的乾媽。

姊妹感情很怪，不來往時總聽奶奶抱怨舊事，有一回屏東奶奶真的北上住了一週，卻又看奶奶忙前忙後煮著她們上海小食，兩人講著我們聽不懂的滬語，到了深夜姊妹還說不停。在台灣只有跟這姊姊相處時，奶奶才有機會說上海話，一定是暢快的。

*

這會兒我還在昆明車站假睡。一車子人慢慢被叫醒了，陸續下車，我也起身下車。取了背包，果然四五個拉客的人扭了上來，「妹妹！妹妹」親暱叫著，要你坐他們的車、跟他們的團、住他們的房。這時候不要停下腳步要直直往前走，問了公車站牌再直直走去。捏著地圖問路，折騰了一陣子，在清晨七點找到了青年旅社，要了一個單間房，因為我想我病了。果然一進房，便拉肚子了。一瀉又是一整天，一個人獨佔著馬桶真奢侈。奇怪在車上待了十四小時竟然沒事，人的意志與身體有奇異連結，自有章法。

一般時候腹瀉不吃油，光吃米湯，要是稍微好一些了，奶奶會煮上鹹粥一小鍋，一整天讓我淨吃攪和了蛋汁和青菜的粥。不用冷飯煮，而是淘了新米在火上燒，燒開了再以小火慢燉，燉到米粒都鬆鬆軟軟化成糊了，放點切細的青菜，打入新鮮蛋液讓米粥噗噗的潤熟，加鹽和白胡椒粉，最後撒下剛切好的青蔥，最提胃口。這麼簡單的一味，好像十年沒吃過了。

但我現在連米湯能不能吃都不知道，只得捱到了空檔出門去討食，只尋得米線。整個雲南到處都吃米線，像是來到了米線王國，從此由越南的河粉日子改過米線日子了。拎了一碗素米線回到房，半歇半拉又是一夜，到了隔日，終於好了。

半夜起來不知幾回，覺得悲慘，好像已經有幾千小時沒說一句話一樣，對自己都語塞。清晨醒來，打開窗戶把臉探出去，昆明的空氣真是涼爽啊，真的是高原的氣氛，七月盛夏只有二十五度，一切沒那麼悲慘了。

東西擱下後找了公共電腦上網收信，卻收到了家裡傳簡訊說，屏東奶奶于月寶幾日前過世了。真正的流浪者已上路，姊妹又結伴去了。原本想回家去拜訪她的計畫再不能成。歷史齒輪又輕輕往前落下一格。

雲南山城阿婆洗麥子

自由昆明（昆明）

大學聯考前夕一個月，中國近代史的那冊課本我決定放棄。那段歷史太混亂，讀了幾次沒有頭緒，加分無望，乾脆徹底不讀。民國二三十年代的外戰、內戰都成了各色螢光筆畫得亂七八糟的圈圈和直線，人名事件只是分數，沒有想過在那些亂七八糟事件同一時期生活的人是怎麼走過來的。我闔起書本，考完後課本全扔了，那一整段歷史再也沒有去試圖理解。

二〇〇九年，一甲子的時間過去，很多書籍開始紀錄戰火交織的那段歷史。我正在旅途路上，還沒有意識到自己剛好在這一年踏上旅途的機緣巧合，這個巧合，其實就是那一整個世代的人都逐漸凋零了。再不寫，恐怕就寫不出來，也沒人在意了。這一次想要搞懂，並不是為了分數，而是赫然發現奶奶根本就是從歷史走來，不過她的版本跟課本大不相同，幾乎像鄉野喜劇。

*

一九三二年，戰爭打到上海了，徐留雲還在輪船碼頭打工挑冰，沒冰可挑就是去火柴工廠綁火柴。年輕正盛，要追她的男孩也不是沒有，她從來不正眼看那些男孩子。下了班，女孩子們都跟男孩去外灘公園約會，她說沒興趣。她也不像那些女孩綁辮子，把男孩送的玉蘭花插在頭上說好香好漂亮，徐留雲嫌她們「七搭八搭」（上海話亂七八糟的意思），自己頭髮老早剪得短短的。

要不是訂了婚，她說一輩子不結婚也很好，自由自在的。她到晚年也愛這樣講，說「一個人拐出去看一看自由自在的多好」。「自由自在」一直是她生命中重要的夢想，可是從來沒有達成。我們也不知道她要的是哪種自由，她真的想一個人到處跑嗎？或者她並非追求自由，而是在述說她的不滿足不自由：年輕時沒有經濟條件出去玩，老了又要靠兒孫才能出去玩。

徐留雲好強，曾經在日本人打進上海時帶著年幼的妹妹和老實的嫂嫂躲到崇明島去，沿路打零工養活妹嫂，如此度過了好幾個月。猜想是家人怕幾個年輕女孩在上海，不是一件好事，把家裡女孩全往外送，出門竟比在家安全。奶奶很愛提這一段，一個不識字的女孩，帶著妹妹嫂嫂躲日本兵，她一直自豪這一點。這種完全靠自己的感覺，是她一輩子的追求。

不管時代如何輪轉，她在意的都是最實際的事情，吃飯賺錢睡覺過日子，完全就是老百姓的人生。後來讀到許多人講述這段歷史，情狀悲慘而可怖，但在我奶奶的口述中卻是十足生活感。

一二八事變，打到吳淞正好農曆十二月二十七日了，戰火和年節同時到來，讓人兩難。

隔壁鄰居想先把年夜飯做好了，先吃年夜飯再說。奶奶的媽媽在聽聞日本軍即將登陸的那天晚上，要孩子們衣服鞋子都不要脫，要是日本兵來了逃得快。媽媽緊張得睡不著覺，卻一直拿著繃子在繡花，嘴巴裡說「現在做這個又賺不了錢，可是不做又睡不著」。

在那之前日本軍隊企圖攻進上海的二十五天戰火中，他們躲在家裡不敢出門，只聽到砲彈從東打到西，又從西邊打到東。子彈像鳥一樣，噓─噓─地飛。這時候自己發明的民間智慧出現了，街坊老太太說要拿棉被吸飽了水擋在身上，子彈就鑽不過。飽受驚恐的村民以訛傳訛，留雲的哥哥也趁漲潮之後把船弄到小江裡，拿棉花毯擺在甲板上澆水，以為可以製造出手工防彈衣。

後來有沒有發現這種防彈衣沒用，奶奶沒有說。只說一九三二年二月初，正是淞滬戰役最火熱的時候。就在長江口的高橋鎮，我奶奶一家人眼見天亮了，沒消沒息，太陽大好，怕冰廠裡冰融了，竟然舉家跑去碼頭挑冰賺錢了。這個碼頭，就是浦東長江口碼頭，當時日軍軍艦應該就是停靠此岸。戰火就在身邊，他們大辣辣地走過歷史生死之間。

徐留雲沒有直接目睹戰爭的血腥恐怖，她還是個少女，對國際情勢的了解也是片面的，她知道的只是如何活命。不識字的她說出來的故事沒有知識份子的哀愁，也沒有一絲飄渺浪漫。肚子餓了就要想辦法餵飽，砲彈來了想辦法逃。戰爭在當時她的眼裡，是直直落下的砲彈、被打下來的日本飛機（飛行員馬上被敵後的鄉間游擊隊攻擊）、落單的日本兵、或是因為戰爭而損失的日常收入。

*

當她決定到四川找未婚夫，剛剛脫離了少女時期成為成年女子，是一個膽大脾氣硬又正義感的大女生。現在的眼光來看，我們猜測是個帥氣的男人婆。

徐留雲和于月寶在昆明的時候，在旅館認識了同車隊的兩位司機，一位姓湯，一位姓錢，專門在大後方運輸軍火。當時昆明城裡因為戰火已經疏散到鄉下去，逃難來的人住在鄉下旅館，等著車隊發車。住在哪裡已經無從考證，只知道在昆明的旅館等了半個月，大家開始有了交流。

多待了幾天，姓錢的司機開始找女孩子出去打牌，同行的于月寶跟著去了，徐留雲又覺得這樣「七搭八搭」不肯去。幾日後，于月寶甩門回來，生氣一起打牌的人都叫她錢太太，口頭上被吃了豆腐，再不肯去。徐留雲這時開口教訓人了，「都說了叫妳別去」，原本不熟識的兩人如今已成了緊密的旅伴，講話也直接了。

叫湯根寶的司機是個好人，後來徐留雲于月寶兩人跟著湯根寶的車，一路到四川。在昆明時見別的司機油嘴滑舌搭訕兩個年輕女子，特地提醒要小心，很多逃難的女孩被騙上了車，司機跑到下個省份，又尋了新歡把人給丟包了。逃難出來被丟包在異鄉，這些女孩結果如何，也都不知道了。

徐留雲不喜歡風花雪月的事情，說是自己「心思不在這上面」。但幾十年後孫女們談戀愛帶人回家給她看，她卻是一派大器，每個人都以禮相待，交往長短都一律稱作「交朋友」。她喜歡說「還沒結婚交交朋友都是好的」。她只會另外交代，別傻傻的被人騙了，自己放聰明一點。放聰明的意思是別去害人，但總別讓別人來害你。出門旅行去，也要放聰明點。

*

一個女孩子單獨旅遊，大家擔心的也都是安全問題。一旦出門了，就會發現一個人不是問題，要如何識人才是重點。現在的中國，各地有特色又舒適的青年旅社到處都是，隨時都會認識新朋友，可以遇到來學中文的日本學生，退休的英國獨身老人，同寢室不愛講話的德國中年婦女，也會遇見旅行很久的本國人。旅途的過程，是在開放心胸交朋友和自我保護之中找到平衡。

有時候也有奇妙的友誼，像老朋友一樣地重逢，又像浮雲一般分手說再見。從頭到尾甚至沒有交換名字，卻又說了不少心底話。比如blue。

第一次看到他是在青旅的客廳，他手裡拿著書，但也不像在看書，撐著手看人，眼神又不像在人身上。看他的穿著，知道這人已經旅行一段日子了，時間在他身上變得透明了，人也透明了。不像一旁吱吱喳喳的中國學生小團體一定要集體行動，也不像歪在沙發上看好萊塢ＤＶＤ的西方辣妹和美國男生，總要大聲講話。他沒講話我還以為他是拘謹的日本人。

他對我說話時，我正在啃一顆蘋果充當早餐。

「妳今天怎麼不出去？」抬頭一看，是我以為的日本人。我轉過頭看後方，沒人，右轉回來問：「我？你在跟我說話？」他才戴起眼鏡，啊認錯人了，以為妳是廣州來的那女孩。

認錯人他也不介意，便坐下來了閒聊起來。青年旅社的客廳就是這樣，認識一分鐘跟認識三五天差別不大。他問，就吃蘋果當早餐？我答欸，拉肚子沒辦法。他說不行不行啊，水果更涼，妳還是要吃點米飯才行。我一聽，有道理，可是雲南菜都又油又鹹，對胃腸負擔太大吧。他接口說，不如中午帶妳去吃飯吧，巷子裡的小館子一個人只要六塊錢。我說也好，該吃點東西了。

這種生疏的友誼竟然也很親切，純然與日常生活緊貼著，看見了招招手一起吃飯，沒看見就回頭到客廳再與別人閒聊幾句，不一會兒想看書的自尋角落去安靜，喜歡乾淨的回到寢室整理包袱去。第一時間各自故鄉成了你們的名字：「昨天剛到的台灣女孩」「睡上鋪的廣州女生」或者「待了兩個禮拜的廣西那位」。他問我怎麼稱呼，我乖乖說了全名，他竟然急忙搖手說：「不是問妳證件上的名字，告訴我怎麼稱呼就好，叫我blue吧。」blue，是說他自己很憂鬱的意思嗎？我心裡偷笑。

blue是廣西柳州人，我一聽胡亂問，是蘇東坡被貶去過的柳州嗎？他笑答非也，待過柳州的是柳宗元，蘇東坡只是路過。蘇東坡沒有貶居廣西，晚年倒是又被貶到廣東。講到這裡，睡我下鋪的北京旅行作家經過，她正在寫中文版的Lonely Planet，側身聽了我們閒聊的話題，又若有所思的走了。blue說，她應該又回去抱電腦了。還說，那女孩每天在旅社趕稿，半夜還抱著電腦坐在關了燈的走廊沙發上，長頭髮掛在肩膀上，螢幕燈藍藍的照著她的臉，妳晚上出來上廁所仔細別讓她嚇到了。

他看上去頂多三十，穿著白色洗舊的T恤，卡其短褲，趿了雙夾腳拖，三分頭戴黑框眼鏡，個子不高。看起來不老，講起話來卻老里老氣。不肯說本名的blue住在這裡已經兩週，看起來心裡有事。

每個上路的人心裡多半有事，只看有沒機會對人說出口。他跟我相約吃午餐，兩人各自去打點民生事宜（他去洗衣，我去寄包裹），一兩個小時後，又在客棧客廳打了照面。

*

果然，飯吃一半他的故事線就浮出一半。

他三十五歲。兩年前離婚，前妻是初戀多年結婚的，結了不久卻太像家人，沒有了戀愛情感，又分手離婚了。妻子很決絕地遠走他鄉，去了美國。他說得很平靜。離婚後他去了南美等遙遠的地方旅行，最後回家待一陣子，最近又想「出來走走」。這樣的日子已經過了兩年。現在，他人在昆明，思考到底該去東南亞老撾（寮國）還是印度。這一想，兩三個禮拜就過去了。

三十五歲的人有這樣時間到處閒晃旅遊，你到底是做什麼的啊？blue沒有正面回答。連名字都不告訴的人，只簡單說了「商務簽證」幾個字。說不定他是什麼大人物，隱身在青年旅社窩居一個床位，到處流浪，放逐自我。我不再問。

雲南昆明，流著鼻涕小鬼搶拍照

換我說心裡的事。

我說這趟是重新走奶奶民國三十年代逃難路線，blue好奇了。民國對他們而言是前朝，抗日戰爭被寫成共產黨打下的，到底國民黨統治下的老百姓怎麼過活怎麼想，有點意思。

而我們從小在民國紀年下長大的，要長得夠大才知道居住的土地是個島，更大一點，才能分辨口號和真實的差異，但我們對另一片大陸的上世紀故事早就不關心了。大學的時候本土文化社團正盛，關心台灣在地文化是顯學，大家都讀那些訴說本土感情的書，試圖融入那樣的氣氛；或者去原住民部落，感受他們對土地、對祖靈的崇敬。後來我才知道，這種情感傾向是因為我沒有老家可以回，不認識祖靈，無根可尋，又非尋不可。

這非尋不可也許是出自一種人類的本能。

沒有人能夠真的無感於自己從何而來。

*

blue說：「妳這叫做朝聖式的旅行，年輕人這樣有心很好。」有人去走唐僧取經路線，有人走絲路，有人想學孔子周遊列國，或者也可以按照蘇東坡被貶謫的路線造訪一番，彷彿重新走過會找到當年的蛛絲馬跡。我希望能找到一點點也好，但心底其實深怕「歷史」只是灰飛煙滅的代名詞。常民歷史更只是一粒灰，輕彈即逝。

七十年的歷史說起來實在不長，但也足以讓人遺忘。

還好，歷史課本也可以在腳上，不在書裡。行經昆明殘存的法式建築，才會更明白二十世紀初，昆明如何蛻變為中國西南方國際城。法國人修的鐵路帶來了法式的氣氛，昆明成為西南唯一的現代化城市。新的生活情調堂堂登上高原，昆明人生活中出現了洋人的玩意兒。到了抗戰時期，西南聯大在此成立，大批北京上海來的知識份子，一下子湧進了城市，留洋的學者與殖民氣氛交織出新的城市氣質。blue說我該去看看當年西南聯大所在地，那是昆明這個內陸高原城市一段閃耀的時光。

第二天，我自己去了西南聯大曾經委身的雲南大學，現在當然已經沒有當年氣氛。假想了一番《未央歌》般的情景，還在翠湖繞了一圈。但我心忖，當時奶奶其實跟鹿橋筆下這一切浪漫情懷錯身而過。奶奶比《未央歌》作者鹿橋大一歲，同一時空的故事版本是一個小人物求生存的直率故事。她只識得幾個大字，也許在外國人很多的上海碼頭的確增廣了一點世面，但跟西南聯大與她同齡的大學生們完全是兩個世界。

*

奶奶在昆明待了兩個禮拜，等轟炸歇止。我則在昆明等身體好轉，吃了不少口味重的雲南菜，餌絲餌塊米線等等，肚子顯然已經康復。這些食物從來沒吃過，也覺新鮮，只是很多菜都放辣椒，再往裡撈還可以撈到花椒、茴香、八角等，大概是此地溼氣重，要以飲食調身。

過了兩天，想在雲南附近多走走，接受同寢室廣東女孩的建議，決定再往西去接近中緬邊境的古鎮。決定了之後很快就訂了夜車票，當晚就要走。東西很快都收好了，事實上也沒什麼東西可收。

要離開前在青旅客廳打發時間看地圖，看到blue拿著書走進來，我邀他坐下。跟他說我要去滇西，我奶奶沒去過的邊境小城。他點頭贊成，又閒聊了一會兒接下來的行程規劃，沒話了，就各自安靜看書。

對面沙發的三個美國女孩收拾東西走了，陽光灑在彩色織布的沙發布上，他抬頭呆呆看著那沙發。我問他怎麼了？他說，去年跟一個重慶女子就在那沙發認識，但現在分手了。

嗯？

原來離婚後他開始旅行，在這裡認識了一個女孩，剛從離婚的痛苦走出來，陷入了新的感情，現在對方卻告訴他，他們在不對的時間遇見對方，離開了他。難怪要叫自己blue，

雲南滇西古鎮，村民閒坐路旁織毛衣

他待在這裡是為了情傷。

難怪他像個遊魂一樣飄來蕩去。

旅社是中繼站，在現實與旅途之間營造出最自由的空氣，任由人們在此施放哀傷快樂。我們是幸福的，因為我們在這裡好自由。想待在哪裡就待在哪裡，想吃飯就吃飯，想睡覺也沒人管，一個人不想講話就躲起來，愛走多少路就走多少路，想換個三百公里外的地方住下一晚，行李打包好也就可以走了。

但人的自由得來不易，牽扯了家國政治經濟種種框架，兩個歷史脈絡下的年輕人，能夠坐在同一沙發上討論彼此下一個月尚未決定的行程，這一刻蘊藏了多少前人的歷史足跡。我們輕鬆地說哈囉，又自在道再見，能夠為情傷旅行，也可以只是為了思念親人而走。

奶奶想要自由自在，一輩子不可得，我卻在旅途中享受了三個月的自由，即使是暫時的，即使是受到旅遊手冊庇蔭的，甚至心裡還有許多擔心，我還是體會了奶奶口中的期盼自由。「一個人自由自在的去玩，多好！」

七十幾歲開始，奶奶很喜歡掀開自己的褲管，要我們看她光滑細緻的膝蓋。「你們看，今天美容院又說我的膝蓋像十八歲，可是我什麼乳液也沒有抹啊。」奶奶的膝蓋幾乎沒有紋路，白嫩得像臉上的肌膚。我們照例要諂媚一番，「是啊是啊，妳看我們的膝蓋都粗粗的，好像八十歲的膝蓋。」

我不想說的是，我們常常穿短褲到處跑才有粗粗的膝蓋。妳都在家裡，因此有完美的光滑膝蓋。好久才回家看妳，讓妳寂寞，真是不該。我們對妳美麗膝蓋的諂媚，其實是為了自己揮霍的青春與自由內疚。

*

當天晚上跟blue道別，各自留下了電話，名字欄依舊打上了「blue」。他堅持隱去身份，做個沒有名字的旅途友人。

接下來的旅程卻都收到他的簡訊關心，一個多禮拜一封簡訊，問我走到哪裡了，他便告訴我當地有啥好吃好住好玩，像個隱形導遊；我會問他決定往哪裡去了沒，他已經去了貴州，還在考慮下一個目的地。等我到了南京收到他最後一封簡訊，他說決定好了，機票也訂好了，他要往印度走。此後就沒消息了。

朝聖式的旅行很易有歷史重疊之感。七十年前我的奶奶在旅社認識了湯根寶，在八十幾歲回想起來還記得人家名字，顯見雖是萍水相逢的友誼，一份好心也可以保存超過一甲子。

雲南昆明青年旅社客廳

吉星與貴人（騰衝）

十多年前陪奶奶回上海探親，打開電視好多抗日戰爭的連續劇，十年後再度到了中國，俊男美女明星們還是舉槍在打日本人。在台灣，沒人在談這場戰爭。或許是因為人的故事還是跟土地緊密連結的，而戰士已經離開了戰場，亡魂也已隨風而逝。

中國大陸對抗戰題材依然火熱，只是電視裡打日本軍的不只有八路軍了。同寢室的廣州女孩跟我說：「妳一定要看最近很火的電視劇《我的團長我的團》，我以前都不知道抗戰主力軍隊原來是國民軍隊，不是共產黨八路軍。」

奶奶聽到這樣的話，她一定會拍桌子吧。要是她有機會看這部連續劇，那裡面角色的南腔北調，一定也會勾起她的抗戰記憶。

《我的團長我的團》講的是二次大戰緬甸遠征軍的故事，那是一九四一年，滇西古鎮，一群散兵流離至收容站，軍心潰散。年輕的團長一聲令下給了他們新任務，讓這群散兵以川軍團名義遠征緬甸，要打斷日軍直攻重慶的美夢。故事裡給古鎮一個虛構的名字：禪達。

真實的地理並沒有禪達這地方，虛構的古鎮全是在雲南西垂的騰衝拍攝而成。騰衝我知道，出發前看過一張照片，清新的古房子在水邊，山影雲煙在遠處，說是尚未觀光化，要去得快點去。

我抵達昆明第一天晚上，下鋪的廣州女生就提起這地方，她一邊擦乾頭髮一邊說「要是妳愛清靜的古鎮，不要去麗江，往西走去騰衝吧，妳肯定愛死那裡」。這是奶奶沒去過的地方，既然想去就去吧，丟開計畫依著緣份到處走走看，這是一種新鮮的生活。

＊

又是一整夜睡在沒有空調的臥鋪巴士，車程十二小時後，再換了幾次公車麵包車，我到達了騰衝和順古鎮。眼前是一片祥和的儒鄉，牌樓上是寶藍題字「文瀾壯闊」，迎接我的是清澈水渠、青青稻田、以及一座由胡適題字的和順圖書館。這裡雖然偏遠，卻同時具有鄉野與文化古城的氣息，看得出富庶的痕跡。

這時日幾乎沒有遊客，一整個旅社當天只有我和對床的年輕人。這人乍看有點獃氣，頭髮衣著很樸素，桌上放了一只用寶特瓶裝的洗衣粉，剩下一半。洗完了前日的髒衣回到房內我問他：「你出來玩一陣子了吧。」

「是啊，有一陣子了。妳呢？」我正要回答，他床上的手機響了起來，他拿起來端詳一陣把它按掉擱下繼續聽我說話。這樣的對話模式在我們日後相處將近一週天天發生。我沒看他接起電話過。

後來知道他是福建人，一個人從沿海出發來到雲南已經將近一個月，沒什麼旅行計畫。和順真是好地方，他還想再待個幾天。這樣的計畫，聽起來我只會猜測「應該是情傷之旅吧？」

本來只是隨口笑話，說出口後他坐直了身體睜大眼睛問「妳怎麼知道？」

他二十一歲，交往了一個年紀大了幾歲的女孩，女孩家裡並不支持他們，積極介紹了菲律賓華僑，女孩也答應了。如今要嫁到菲律賓去了，他心情承受不住便跑了出來，坐了二天二夜的車到雲南散心，這一散就一個多月。

誰不是出來散心的呢。

在原處沒有出口了，都想要找個機會衝出去，到哪裡都好，只要心放得開，你就可以放下一切出去。原本害怕路上都是陌生人，走出去才會知道其實都是同路人。我們心裡都缺了一口，也只有旅行時，容易承認那缺口。給自己也給缺口足夠的時間閒蕩，就有可能再度勇敢起來。

*

旅遊季節顯然還沒有到，這間房第二天還是沒有新人入住，只有我和福建年輕人。雖然每天睡同間宿舍，卻未必有機會聊天。隔兩天，在鎮上的小食攤碰上了他，兩個無事人跟小吃攤阿姨要來了兩杯店家自釀梅酒，對飲起來。也許是微醺，也許是身在偏遠古城，什麼事都遙遠了，他才全盤托出，說出來散心不只是為了愛情。他用信用卡借貸經營養殖場，幾個月就賠了精光，被銀行討債。

原來不只是情傷小子，還是個卡奴。

年輕的中國沿海創業小商人，還沒賺到錢就被銀行坑殺了，他做的是種苗的養殖場，剛畢業認為該要有自己的事業，沒想到才開始就結束了。

「你還要在這裡待多久呢？不回去處理問題嗎？」我問。

「不知道，先把事情想清楚再說吧。」

他總共欠了合算台幣三十萬，手機不斷傳來的是律師的勸說簡訊，因為他遲遲不回應，簡訊口氣已經轉變為脅迫威嚇了。這金錢數目對剛創業的年輕人來說，實在不小，人到末路，可能會有些異想天開怪念頭。卡奴說，他前幾天其實還跑去了瑞麗，想找賺大錢的機會。瑞麗是中緬甸邊界城市，東南亞珠寶集散地，說不定走私點什麼能夠一舉把債務問題解決。

一個多月的流浪，他第一次把這些問題說出來。但背著旅行背包說要去走私，不甚「專業」，我說你還是想清楚就回家去吧。睡前他終於鬆口，「我大概回去乖乖面對比較好。」

在一個偏遠邊境，沒有遊人，有一個說著要去走私卻日日在古鎮散步的年輕人當室友，日子有點清淡卻有點奇幻，世界離得好遠好遠。混睡了幾日，每日早晨都吃餌絲當早餐，下午一定要來碗此地小吃「豆粉」，豌豆製成細細綿密模樣像堅實一點的豆花，加上數樣調味料，連吃數日也成了習慣，後來要走最不捨的是這碗小食。多年來這是第一次感到身外無事，心中也無事。

*

卡奴知道這裡有位道士算命有點準頭，想去問事。元龍閣在和順鎮的山邊水旁，步入閣內感覺是座古老失修的宗教院落，沒有人跡。我們在院子中看了半晌，道士才出來。領我們到走廊坐下喝茶閒聊，說著他如何來重建這已敗破多年的道觀，說著說著下起大雨。

一位村裡大嬸收傘走了來朝空位坐下，道士知道有事。大嬸的小孩這幾天失神中邪，在水邊「看到了東西」，她實在放心不下，大嬸一邊說一邊掏出毛線活兒織著。謝道士聽完走進房裡取了一小塊紅布，布上有字，他比了大小要大嬸拿回去縫在孩子衣服裡，別告訴孩子，就讓他穿上，過幾日就會好。

一場鄉野心理諮商就此結束，道士繼續吐著煙圈，大嬸很滿意這個解決方案，拿出了一張鈔票遞給道士。這些都是以雲南話進行，我竟聽懂大半。這是逐漸的復甦的宗教場景，早年破的「四舊」又回來了，我們闖入了此地最日常的生活場景，目睹了一場鄉間生活巫術的片段。我們外地人沒有大嬸那般問事的自若，卡奴攀談半天才托出算命要求。

道士細細看了手掌又要了他的八字，又拿出了一本厚厚的冊子，掐指唸唸有詞一陣。謝道士要他回去祭拜祖墳，又描繪了一番祖墳位置形狀，卡奴歪頭尋思表示贊同。道士又講了幾個方法，卡奴半信半疑的，他抬頭對我眨了眼睛，卻還是一一記下。

卡奴寫好了之後，轉向我說既然來了，也看看吧。

好啊。看看無妨。我伸出手讓道士端看一回。

道士一陣搖頭晃腦思慮之後，讓我把手掌翻上又翻下，終於說：「妳命裡有顆吉星。」「一般人可能沒有星，命很好的人有三顆星，妳有一顆吉星，算是很不錯了。」再下來我沒繼續問，也就此打住。

也常常覺得自己運氣不壞，事情總不會壞到底，墜落過程某個瞬間有力量會把人抓住，隱隱然受到保護。不知道士說的吉星是什麼，但以往總覺得是奶奶保護著我，她在世我心想有她疼就夠了，她走了我也相信她會看顧我。

頭七的時候，家人誦經。那天陽光真好，要是平常日大家應該都要出遊的。兩位家人都說，經文誦念中似乎看到了奶奶站在雲端，開朗明亮的，一臉無事。主持誦經的師父後來也說，她穿著道袍悶熱，但念誦完畢時突然感受一陣舒涼清風，頓時明朗。她問我們，老奶奶是不是一位貼心的人，我們連連稱是，師父說，老太太應該是仙去了。那陣清風是她的禮物。

心裡相信，力量就會生出來吧。我願意相信是有一顆屬於我的吉星，讓我有個好奶奶，在童年與青春歲月守護著我，形塑了現在我的模樣。不管是天上的還是地上的，過去現在或未來，我都感謝。

*

和順待得夠了，我決定要走，卡奴說我跟你一起走吧。有些不捨這小城，但有人作伴又減輕了那不捨。我們隔天一起坐夜車到大理。

卡奴也許在夜車上想清楚了，等我們到了旅社，卡奴說：「大姐，我想好了，我今天就回去吧。洗衣粉留給妳用。」他笑嘻嘻的交與我寶特瓶洗衣粉罐。

「道士要我回去改改祖墳，說不定有用。」不知道什麼時候，他開始叫我大姐。算算年紀，大他足有一輪，喊我阿姨也行了。也許是那天道士又算出他的貴人在正東方，但福建沿岸城市的正東方，攤開地圖一看，只有台灣，從此他笑稱我是貴人。

他想先坐車到昆明，再轉搭火車一路直回福建，要坐二十幾個小時。他不敢坐飛機，怕身份證明一掏出就被抓。

「法院判決其實已經下來了，要關五年。」他拿了律師傳的簡訊給我看，簡訊的文字語氣不太好。他的確不是在胡掰故事。他臉色並不悽慘，只是有點悵然。那個當初讓我以為的情傷，根本只是一小段插曲。二十一歲，失戀欠債都是擠破的青春痘，久了傷痕就會消了。下次就知道，青春最好不要那麼用力去擠，信用卡不是用來借錢做生意的。

他去買了兩瓶啤酒，我們在旅社找了桌子坐下來，有種別前對飲的味道。

「好歹你也出來玩了一個多月呀，回去了說不定沒有那麼慘。」

他不置可否。超市賣的啤酒不冰，這場下午溫啤酒送別會就在人來人往的旅社走廊上舉行，旅人為旅人送行，突然無話。我們認識數日，我們像老友般說再見，往後卻不一定再聯繫。有時候旅途中只是彼此提點，困境就有出口，有時候只是短暫相伴，能說的其實也不多。

安靜了一會兒，他看看手錶，輕輕點頭，該走了。把大背包上肩後，他回頭說大姐再見，後會有期了。語畢，消失在一群外國背包客身後。

雲南騰衝

貴州試酒量（苗寨）

徐留雲在昆明認識的湯根寶與他的車隊，終於要開車上路前往貴州了，徐留雲就跟著他們車隊走。湯根寶經常來回雲貴川這條路線，還曾經在貴州山路上，車子翻到山谷去，真是應了「地無三里平，天無三日晴」的印象。幸而被當地人家救了起來，人家看他忠厚老實要把女兒許配給他，他沒有答應。

貴州千人山寨

原籍浙江的他在家裡訂了婚，他告訴徐留雲「三年、兩年勝利回去了，是丟掉還是帶回去？家裡未婚妻還沒結婚，我帶一個回去，是對不起哪一個？」於是他和那家人講明了，有空經常買禮物去看他們。

徐留雲她們往貴州去時也是跟著湯根寶的車，小客車整天在山裡轉，上去下來，轉過去，再上去下來，還不時拋錨。到貴州已經七月半。

*

等我在大理麗江附近繞了一圈，再度回到奶奶的逃難路線，從昆明坐車到貴陽，好長一段路速度很慢。火車駛在雲貴高原上，我沒有買到臥鋪，只搶到一張硬座的票。上車時四個面對面的座位只有一個正在啃雞腿工人模樣的中年人，我試著把行李舉重般扔上行李架，不成功，只好央請啃雞腿大哥幫個忙，他馬上起身幫我放好行李。

然後來了一個小男孩，只有十一二歲的年紀，一個人拎了藍色的行李包，小心翼翼捏著車票找到了位置，在我正對面，雞腿大哥的旁邊。他輕輕地把包放在腳下，屁股只坐了一半的位置。

旁邊滿滿站了人，開車不久，推著餐車的大嬸來了。賣的是雲貴口味的酸辣米線，有湯有水的還熱騰騰的，真沒想到餐車是這樣搞的，這一車米線要穿越擠滿的車廂，也真不容易。我沒吃晚餐，當機立斷叫了一碗，大嬸用保麗龍碗唏哩呼嚕打了一碗給我，碗邊還掛著紅紅的辣油漬。車上東西都貴一點，叫的人不多，大家都自備了數日糧食。

等我吃完，拿著碗往茶水間去。走過了門一看，哪有茶水間，就是一個飲水機，旁邊站著一個已經滿溢出大量保麗龍碗的垃圾桶，不遠處地上還躺著沒有位子的人。

越到晚上，吃東西的人越多，早就過了吃飯時間，零食卻在小桌子上越擺越滿，吃泡麵的人絡繹不絕從身旁走過，因為我就坐在離飲水機和垃圾桶一米的位置。已經半夜，幾乎沒人睡覺，整個車廂只剩下吃東西和發呆兩種行為。

中國的菸草工業在雲南貴州最盛，造就了隨時需要吐痰的人民，咳嗽聲此起彼落，貧窮造就了坐鋪需要一直吃東西的乘客，我面前的垃圾桶一直滿溢出來，廁所不停人進人出。

坐在這個九十度直角的硬座椅上十幾個鐘頭，根本沒法子睡，但疲累又是如此真實地壓制著我們，只能用吃來彌補疲憊的身體。

到達貴州時是清晨五點半。拖拉著行李下車，走在貴陽街道上，上班的人群穿越了我。

*

我的目標是黔東南。那裡有不少寨子，旅途友人都建議去走走。

小客車沿著河谷在山間上上下下，山高谷深，當年奶奶經過貴州山路的時候，車子整天在山裡轉，上去下來，整天就看著一座座山，他們的車子拋錨了幾回，大膽如她都嚇壞了。她說，路不只顛簸還很窄，兩車會車要很小心。我看看這河谷還真是深，湯根寶摔下去大難不死實在幸運。現在路都寬了，旅人和當地居民一進山區吹著山風挺愜意。

千迴百轉的山路終於到了西江，抵達的地方依然也是山和河谷。放眼望去，山丘上就是寨子，木製的房屋滿滿地依山而建，村子外的平原則是稻田，不遠處是山，有風的時候便涼，無風太陽下炙熱剛烈。

抵達的時候正是上午，寨子口就看到掛著布條說是有鬥牛比賽活動，街上有人牽著牛從大街上走過，心想一定要去看看鬥牛。街角賣貴州米線的姑娘也說了，最近在河邊都有很盛大的鬥牛比賽，一年一次，全寨子都會去看。平時耕種的牛，現在都成了逞兇好鬥的武士，走在街上好不神氣。

正神往著鬥牛是何等激昂情形，一轉過頭走到了籃球場，又看到了紅色鬥牛活動的宣傳布條，熱鬧哄哄的人群圍在旁邊，場上小伙子們穿了不同顏色隊服激烈入賽，場邊還正正式式地坐了一排評審。很像是在籃球「鬥牛賽」啊。仔細一瞧那布條，還真的是「三對三鬥牛賽」。呵。原來宣傳布條說的是寨子年輕人舉辦的籃球鬥牛賽。米線姑娘說的河邊鬥牛不需要宣傳，是大家都知道的。

牛鬥牛，人也鬥牛，真的是很逗的一個地方。這也還沒完，閒著沒事再彎到河邊空地，又看見一群人圍成了人牆，裡面幹什麼也看不到，只見大家手上都有鳥籠。摩肩擦踵擠進去一看，在鬥鳥。大概是農閒，家裡能鬥的全都端出來鬥了。

貴州山寨鬥牛

*

我打了電話給李老師。沒人接。

李老師是寨子裡小學退休的老師，響應村委會號召，開了農家客棧。我抄了客棧電話但一直到了寨子裡都還沒聯絡到人，又轉回村子角落吃了碗米線（從越南一路吃到雲南貴州，都是這類米作成的米線米條，酸酸辣辣的）。吃完又在涼亭吹風，這真是很會乘涼的民族，村子裡到處都有涼亭，看大家都悠閒，我可閒不得，再不找地方住就麻煩了。

這回有人接了電話，是李老師的兒子。不一會，他便到村子口接客人，包括我在內有五六個人。客棧在山腰上，一路上坡沿路都是人家，有雞在路上跳著咕咕叫，處處聽得唱山歌，小李老師說，那是最近寨子裡有喜事，大家從早上開始唱歌喝酒。

喝酒是吧。此時我有了警覺，之前已經聽說苗寨米酒跟原住民小米酒有拚，甜甜入口後勁十足，如果開飲了可不能大意。

晚間寨子裡大事便是各家唱歌喝酒，客人幾乎全在客棧裡與主人家搭伙。李家大小把桌子拼成了長長一條，算一算有十來個位子，菜一盤一盤的上，李家媳婦拿著酒壺一杯一杯地斟上了，有種山雨欲來的態勢。

等來自各地的旅客全部上桌，菜吃一輪之後，好戲正式上場。

李老師這時站起身來，說要為客人們敬酒。此地有「客進山寨，要喝十二道酒」的習俗，杯子裡的小米酒喝時甜蜜，後勁強烈，要是沒有三兩三卻又上梁山，只有喝掛的準備。

我看了這番架式，打算使用奶奶的喝酒策略。第一，先說不會喝，等到不得已了，再使出第二招，用真酒量拚了。至於第三招，我還沒想到。

*

奶奶就說女孩子該會喝酒，保持一點酒量，人家勸酒時你可以先推說不想喝、不會喝、不愛喝，即使推託不掉，一旦開飲了又讓人摸不到底，對方也已經半醉，為自己爭取到一些空間，再抓緊時間吃米飯墊胃。

小學時候，家人用筷子沾了高粱給我點點舌頭，高中開始領酒牌，在家可以正式飲酒，酒量不知是天生還是養成，慢慢也能幾杯不醉。等到畢業旅行時看到同學一口啤酒就倒地簡直受到驚嚇。從此確立了酒量在家盡量練，在外小心喝的原則。

奶奶愛喝高粱，到了八十好幾還喜歡一口乾，她就愛表現那股帥氣，乾脆俐落，但有的時候實在太衝。幾次回鄉探親，家鄉老小親人竭力接待，之前聽聞他們灌酒的恐怖，也知道奶奶會人來瘋地逞強，溫熱紹興一杯一杯跟人家乾。

等到我陪著回去那次，老人已經年過八十，晚上吃飯親戚灌酒的鋒頭轉向我跟叔叔，一整個「你不

貴州千人山寨，灌酒怎能贏苗女

喝就是不給我面子」「只喝一杯也不給面子」「跟堂叔公喝不跟表姊夫喝也不算給面子」的氣氛，逼得我臉色越來越沉。奶奶看我神色真的不給面子了，四兩撥千斤地說「妳嘴巴沾一點跟大家敬了就算數了」。接著她又轉過頭跟大家說：「我這孫女不會喝，逼她也沒用。」大家就把酒杯放下了。

親戚們明明看我已經被灌了那麼幾杯卻也沒事，不像是「不會喝」，但老太太都說話了，也就作罷。

*

苗家寨子裡的酒喝起來的確跟小米酒雷同，一桌子菜每人二十元，幾乎都是素的，酸醃口味居多，是陌生的味道。李老師敬了一輪，她的媳婦跟在後面又敬一輪，整個屋子裡起落都是山歌、勸酒、擋酒的聲浪，彼此激盪，笑鬧中又帶著緊張，女眷們都在使眼色讓男士們擋酒，男士們不明這甜酒性情，乾過幾回才知道厲害，也逐漸搖頭晃腦音量轉大了。

看看李老師的態勢，他的勸酒本領高強。老先生親自來倒酒，一邊站在身邊唱起苗家山歌，一邊把酒往你嘴裡硬灌，一杯敬完又再敬一杯，又是敬酒又是促狹偶而又假意發嗔，目的就是要讓你喝下手中的那杯米酒。

我推辭了幾回，笑著也被灌了幾杯，算是過關。趁李老師和他媳婦斟酒時，大口快速扒了米飯和肉，讓胃有更多可吸收酒精的防禦盾牌。巡完一輪又該我喝時，我已然又醒。他們灌我沒意思，轉去敬那些舌頭已經大了的男士們。

趁著混亂與酒意，趕緊與悄然起身的客人們一同撤退，彼此交換了逃課同夥的笑容，散到外面陽台洗澡的洗澡，看燈火的看燈火。

貴州山寨，宴客菜色

千人寨每一戶窗台都有掛了一盞黃燈，對山的寨子放眼望去，像是一個燈山。樓下李老師家喧鬧著飲酒，附近家戶也有唱山歌的聲音，除此之外，你只聽到一片寧靜。明明是鬧的，除卻了城市裡汽車機器的各式聲響，聽覺底層竟是寧靜的。這種聲響質地一定在山裡才有，厚實地一層寧靜鋪在心上，即使有聲有響，感官依然微甜。

坐在陳舊的木製陽台窗台椅子，拎著盥洗用品等待進破舊浴室洗澡，像在學生宿舍等洗澡。帶著一絲酒意，我卻一點也不急。

練習吃飯就吃飯，發呆就發呆，心永遠不比身大，反之亦然。多住一晚，便有多住的溫度。同樣的景色不同光線看數回，會有不同的故事。

出門已經一個月，幾乎都沒有遇見熟悉的味道，我開始不知道這趟旅行的初衷。在哪裡會遇見記憶，哪裡會遇見奶奶，又在哪裡會遇見自己呢。唯一能確定的是，陌生的山寨裡，有一張暫時屬於自己的床，看自己日漸黝黑的皮膚和逐漸消瘦精實的身體，你彷彿成為新的你。

貴州西江

第二章　歷史之地

上海未婚妻（重慶）

從貴州到了重慶，也是多虧了湯根寶。車子到重慶還要再轉船去宜賓，卻不知道船期，湯根寶領著兩位小姐先找好了旅館，放下行李洗把臉，湯根寶要她們別下樓，他去買點吃的東西。人才離開沒多久，空襲警報就響了，湯根寶連忙跑回來說：「不要吃了，趕快上船！」徐留雲說票還沒拿到手呢，他說：「沒關係，有登記妳們的名字，我去跟他們講。」

這個旅途上遇到的友人真熱心，在烽火交錯之際他卻幫忙幫到底了。這時候民生船公司也怕被炸，大家都趕緊上船要離開碼頭，徐留雲和于月寶急忙上了船，問船上有沒有東西吃，說是已經停伙了。湯根寶又趕下船幫忙買食物，還要兩人把宜賓的地址告訴他，讓他寫信給她們先生知道兩人已經上船出發了。

至此一別，徐留雲的故事裡湯根寶就再沒有出現了。

但當年的逃難過程，再講給後輩聽的時候，時光已經流過六十年，這些片段徐留雲都說得清清楚楚活靈活現。

*

徐留雲與未婚夫重逢的時候，發現一件事。

兩年沒見的未婚夫瞿順卿不僅依然很帥，而且四川女孩子也認為他很帥，喜歡他的還不只一位。徐留雲安頓下來之後住在宜賓，兩人還沒結婚，瞿順卿週末才會回家，同事張先生有天話家常一樣來試探：「徐小姐，妳一個人怎麼敢來？」

這話問得平常也有點蹊蹺。

「怎麼啦？」徐留雲問。

「瞿先生有個女朋友，秋天要結婚啦！妳不曉得啊？」張先生也不廢話，直接說了。

「不曉得。」

「那妳怎麼辦？」

「來了就吃喜酒，吃完喜酒就回家啊！」徐留雲是狠角色。

「回哪裡？」

「回上海，哪裡來回哪裡去！」

「妳不生氣？」

「不生氣啊！生氣又沒有用。」

「哦！上海人就是上海人。」張先生的結論很妙。

上海人給人的印象就是厲害，有手段。口述歷史讀到這裡也嚇一跳，奶奶這招是以退為進嗎？這麼老遠跑來，要是真的婚事不成，再一個人走原路回上海嗎？

奶奶說，其實爺爺信裡已經告訴了「這一回事」，她知道爺爺另外交了女朋友的。

但她掌握案情到什麼程度，就不得而知。爺爺可能只說了有新認識的朋友，並沒有說一個劉小姐要跟他結婚，更沒提到還有另一位彭小姐也在追他。但為什麼奶奶既然知道爺爺這邊已經有了新歡，還要千里迢迢的來四川相聚呢？爺爺信裡到底是語焉不詳，還是豁出去了反正天高皇帝遠，要來妳就來，大家攤開來一次談清楚？到這裡，故事突然從千里尋夫的大時代劇，變成了上海厲害女人對決四川美女的花系列連續劇，只不過場景時空背景大了許多。

*

戰時淪陷區和大後方是兩個世界，一別數年誰都不知道會打多久的仗，異地而處，有了新的感情也是自然而然的。大太太和後方太太分隔數年相安無事，到了打仗勝利要回家了，做先生的反而煩惱起來。

還沒結婚就在大後方對決的例子大概不多，徐留雲以一對二，異鄉應戰。

一號對手是讀過書的劉小姐，原來就是那位來探聽消息的張先生太太的同學，人家在百貨公司上班，人很能幹，還會繡花種田會計。比起大字不識（除了麻將牌的紅中青發萬字）的徐留雲，馬上先下一城。徐留雲一聽，竟然沉得住氣說：「很好啊，反正我沒讀過書，她有學問嘛！我比不上她。」徐留雲心裡的砲火應該已經炸翻重慶，不需要日軍來襲擊了。

張先生也是個人才，他天天晚上來跟徐留雲聊東聊西，主題都繞著劉小姐轉。可能是多角關係還沒有定數，劉小姐又是自己太太的同學，受了太太之托進行諜對諜攻勢也是可理解的。他的手法可說是迂迴逼近，再正面迎擊。

他一句「讀過書又能幹」以為會嚇退徐留雲，沒想到上海姑娘四兩撥千斤把話回了，看不見底牌，張先生無話可說只好補了一句「妳總有個優點，他才會把妳叫來。」這一回合，徐留雲險勝，至少氣勢有站穩，沒讓人一拳掠垮。

二號對手是家裡開旅館又開飯店的彭小姐，瞿順卿後來跟徐留雲說，他一搬來，彭小姐就「跟蹤他」，上班也送，下班也接，吃飯也陪。彭家就這一個獨生女，彭家不願意女兒嫁給外省來的「下江人」，她爸媽為此鬧自殺好幾回。

抗戰時候從長江下游逃難到四川的外省人，一律被當地人稱為「下江人」，這些人因為逃難一貧如洗，這稱呼有貶抑意味。因為省籍問題，瞿順卿不敢娶彭小姐，怕彭家兩老鬧人命，因此疏遠了。結果彭小姐最後還是嫁了一個上海人，爸媽也還真的自殺，家產過了幾年也就沒了。

原本還期待有精采好戲，但這多角關係不久有了答案，各人有各人的考量。瞿順卿心繫兩年前的婚約，萬一在四川娶妻生子，勝利回去未婚妻還沒有嫁人，他沒辦法交待，於是把徐留雲叫來。徐留雲說「有什麼好交待不交待，我養得活自己啦」，大概自覺是個民國新女性，自己會打工賺錢，不怕沒飯吃，堅持要未婚夫考慮清楚，要選擇劉小姐還來得及。

這看似把決定權交給對方的態度，不論真實心情是如何，都滿嚇人的。劉小姐得知徐留雲在訂婚時已經坐過轎子抬進門了，便主動退出。坐轎子抬進門，表示已經拜過雙方祖先，家長也都認可了，基本上即是正娶，劉小姐再爭也有破壞人家婚姻的味道了。暗潮洶湧的婚前戲碼落幕，兩人決定一個週末在重慶結婚，因為訂婚時在上海已經進過門，在這裡就簡單與同事吃個飯作結。地方在中山堂，時間就選在奶奶的生日當天。

*

我到重慶的時候，已經是七十年後，中山堂已經沒有了。查了不少資料，我研判應該原址在大渡口，現在已經變成鋼鐵廠。

我在朝天門附近住了幾天，這裡是長江、嘉陵江交匯處，抗戰時民生公司以此為據點經營長江航運，在遷都重慶大撤退的歲月中扮演重要角色，曾在四十天內完成遷移十萬噸工業精華與戰時物資到四川的壯舉。除此之外也運載前方文教學術機構以及無以計數的逃難人民，民生公司的輪船是抗戰時期的諾亞方舟。

在這場大規模的遷徙人流中，我的奶奶在逃難的最後一程就坐上了民生公司的輪船，從朝天門出發沿長江而上抵達宜賓與爺爺重逢。

我住的青年旅社面對長江，有一排洗手臺靠街，透過窗子望出去就是滾滾江水，我每天都去搶那排洗手臺，刷牙洗衣都喜歡在那望著長江水流過。如果資料沒錯，奶奶當時就在這附近本來要住下，又緊急上了輪船。

江水不同，但長江還在，灰濛濛廣闊的江面，還是可以讓人想像當年情景。把現時廣場上休閒的人們換成慌忙趕著上船的模樣，就是七十年前的故事，那是民國二十八年九月，距離徐留雲二十一歲生日還有一個月。

＊

四川重慶，推測中山堂舊址，從此順卿留雲自成一家

我仔細研究奶奶的故事，一本口述歷史讓我畫了又畫，查得到的地名圈起來，查不到的老地名也圈起來，各年份月份另外用鉛筆換算西元與民國紀年，再把歷史事件加以比對，還要算奶奶當時幾歲，只差沒有把Excel打開製作成年表。

有時候覺得，自己這麼做只是把對老人家的思念，轉化成很花時間的行為，讓自己很忙，又好似有建設性，本質上只是單純的思念。思念離世親人可能讓人鬱鬱寡歡，轉化為計畫之後，有那麼多任務要完成，整個人又振奮起來。

朝天門現在已經是觀光客的休閒景點，到了傍晚江水與黃昏相輝映，對岸燈火通明繁華非常。跟著

四川重慶朝天門碼頭，在這裡湯根寶急忙買了食物給徐留雲二人送上船

幾個同住青旅的同伴吃完飯，晚上大家會相約去坐觀光索道（纜車），但我打算省錢，不想五分鐘過個江就花掉幾十元，於是與一起吃飯的眾人告別，從朝天門回到旅社。

第二天，研究好地圖之後，我搭上了電車前往大渡口，一站一站地輕快前進，電車非常明亮現代，對我來說卻是時光隧道。我下車出站後，在附近繞了一下，還是找了附近年長的婦人問了：「這裡以前有中山堂嗎？」對方搖搖頭。

我依照原訂計畫往鋼鐵廠附近走，在門口停留半晌猜想「大概是這裡。」我照了一張照片，紀念爺爺奶奶結婚七十一週年，也見證這一支家族血脈的開始。從此兩人從受女孩歡迎的漂亮上海男子、兇巴巴愛逞強的上海女子蛻變成在戰火中堅強支撐家庭的男女主人。即使這個家還很小，他們在此真正長大成人，一起面對往後歷史沖刷下的各種變化與生離死別。我靜靜地站在那裡，好像看見七十年的家族時光流轉，我對自己點點頭，轉身離去。

麻辣會友（重慶）

從雲貴高原下來，要到重慶的時候，就給自己心理準備了，這可是中國四大火爐之一，城市地勢起伏，八月天恐怕是熱壞了。

在重慶鐵定要去吃麻辣鍋，我在重慶待了五天一共吃了四鍋。天越熱人們越往辣裡鑽，說是狂出汗後就沒那麼熱了（才怪）。

原本住在嘉陵江畔的磁器口，住了兩天感覺離市區實在太遠，吃鍋逛街都要坐車坐好久，隔天一早就往長江邊跑。當我正冒著大汗在正中午沿著長江走到青旅門口，爬上了樓梯正要拉門進去，有位女孩推門出來。她一見到我，就像見到等待許久的老友一樣，高興的說：「太好了！妳吃飯了嗎？要不要跟我去吃飯？」

我壓根兒沒見過的女孩，劈頭竟然問我吃飯沒？我腦袋一片糊塗，心想不會是重慶火爐把我給曬呆了吧，還是我在另一個城市認識這麼一位白淨女孩？腦中掃描過越南到雲貴川旅途的記憶，完全沒有印象。

她看我一臉詫異說不出話，趕緊說明了，她是昨天住這的客人，剛剛check out，再兩三個小時就要去坐飛機回南京卻都還沒吃到麻辣鍋，在青旅客廳到處拉人組團去吃鍋卻不成，剛好我走了進來，就成了最佳人選啦。原本她已經打消吃鍋的念頭，畢竟一個人實在不太方便點菜。

喔喔，原來如此。我能明白這種心情，只是正中午大太陽的，我又滿頭汗還背著大背包呢……話沒說完，南京姑娘馬上接話，「沒關係！我可以等！妳先去放背包洗把臉！」看來她真的很想吃鍋。好吧，那就奉陪吧。

她隨我進了旅社，櫃台妹妹笑瞇瞇的對她說：「妳拉到人啦？」只見她一臉開心的點頭。重慶麻辣鍋，我們來啦！

＊

我們在解放碑附近下了公車，按照她查的資訊東問西問找到了火鍋店。一坐下來，這姑娘非常大器的拿了菜單劈哩啪啦點了一堆菜，問我還要吃什麼，我一早沒吃東西胃還沒開呢，況且我還要待好幾天，今天中午算是陪吃，這樣就好了。

這位行事積極的南京姑娘是來商務旅行的，幫老闆訂好了旅館，決定自己要來感受一下短程自助旅行的自由，就住了從來沒住過的青

正宗重慶麻辣鍋，早餐沒吃，開天闢地當日第一餐

旅。這幾日白天開完會就跟老闆一拍兩散，各自回住處，她樂得在青旅認識新朋友。今天早上會開完了，她哄著老闆上了她特地訂的早班機票，也是不想跟老闆同行，順便挪出了時間可以吃麻辣鍋。她的計畫清楚，執行確實，人際之間界線也很明白，沒有拖泥帶水，就像她三秒內就約我吃飯一般準確。

她吃得很認真，講話也沒閒著。年紀輕輕卻有條不紊搞定上司，按照計畫悠閒地在這裡吃鍋。問她是做什麼的？她說在汽車產業是個工程師，大學是唸理工的。難怪這麼冷靜理性，解決問題可說是切中要害。重慶是中國汽車產業重鎮，她開完了會又吃頓鍋，兩樣特產都照顧到了。

問我來這裡幹麼，我簡單告訴了奶奶的故事以及我的計畫。她吞下了肥腸吃了塊鴨血，停頓了一下似乎想起了什麼。她在回想她的家族故事。

「我們家不是原本就在南京的，原本我們是四川人……」

這趟旅行只要一提起家族故事，必會引來故事。南京小姐的奶奶是成都人，文革的時候不知道為了什麼原因，一路避難輾轉到了南京，就定居下來。她歪頭又想了一會兒，看著我說好像因為家裡跟國民黨有點關係，但細節如何也搞不清楚，只知道故事的頭尾，問過老人家但都沒有獲得答案。她一邊吃辣，一邊說她要回去再問問看當初到底發生什麼事，不然老人家慢慢記憶都不清楚了，她們在四川還有親戚，她還去過，應該再找時間去看看。

「總之，我們家現在住南京。」她終於放下筷子，翻出一張名片遞給我。至此我也才知道她姓名，不過在起身把帳單對半付了錢之後，我們也就揮手再見，結束了這一鍋之緣。

鄉音這件事（成都）

童年熟悉的聲音決定了鄉愁的質地。大部分的人都有實質的「故鄉」，是一棟老房子、一方田地、或是一棵老樹。

小時候過年特別開心台北市成了空城，路上車子沒了，巷弄裡空空蕩蕩，所有人都回去老家，而我們就守在父親工作配給的日式平房宿舍裡。我們沒有老家，對我而言，老家就是奶奶。她代表了故鄉，那混雜了上海、四川、新竹眷村，以及所有她曾待過的氣氛。她的口音我在別處很少聽到，同學來家裡有時聽不太懂奶奶的腔調，我常要權充翻譯。

奶奶到台灣後身旁唯一的上海人是我爺爺，在他五十年代過世之後，她也鮮少有說母語的機會了。她快八十歲時搬到新的公寓，樓上住了一位羅奶奶是上海人，雖然兩人年齡差距了十幾歲，奶奶偶而還是會端著剛煮好的紅燒肉去串串門子，像個同鄉的姊姊。

她們有新朋友的客氣，講起上海母語來卻有一種特殊的親密感。有次羅奶奶打電話來問泡菜怎麼做，奶奶當場解釋半天後，第二天想了想，還是親自做了一瓶送上樓去。她們往來並不特別勤，時不時交流一下奶奶都滿開心的。聽覺和味覺有點像，都會勾喚記憶，她一定喜歡跟老鄉講講鄉音。

奶奶過世之後，有次在便利商店結帳，聽到兩位老太太的對話，好熟悉的腔調，聽起來像江浙口音，像奶奶的聲音。我結完了帳還湊在旁邊聽她們說話，只為了聽那似曾相識的腔調。直到兩位老太太也結好帳往外走，我還跟著走了一小段，她倆沒再說話，我悵悵地離去。還好我表現自然，她們兩位沒有發現後頭跟著一個偷聽狂。

一直以為，奶奶的「鄉音」就是上海話，畢竟從小戶口名簿上填著的是「祖籍上海」。很後來才知道家裡長輩沒有一位會說上海話，最多就是「儂來儂去」，把「你」改成「儂」當發語詞，胡亂說一通而已。

上一代長輩們說的則是四川話。

移居台灣的第一代爺爺奶奶們保持了原本故鄉的口音，奶奶回鄉還是說上海話。而眷村裡的爺爺奶奶們也都各自說廣東腔、山東腔，但他們的第二代有一部分卻只會大雜燴似的眷村四川話了。大部分的軍眷都在四川待了八年，山東、廣東、湖南、湖北、上海人同處一處，漸漸的這些外地人居然也都學會了四川口音，用這新學的方言彼此溝通。

當我人到了雲貴四川，耳朵突然尖了。這一帶人說的話又耳熟起來。但也只是耳熟，既不會講，也不會分辨差異，只覺得成都女孩講話柔軟清細，比起重慶腔調的豪放濃重有所不同。成都果然是天氣清麗的地方，女孩子說話聲音和皮膚一樣，清爽甜麗，真是天府。

爺爺奶奶結婚後在成都附近住了幾年，沒有講得很清楚是哪裡，我決定在此多待幾日到處晃晃。人在成都時剛好小叔有事來到成都，我們相約見面。

小叔是奶奶四十歲時生的小兒子，跟我只差了十八歲。他是奶奶最疼愛的么子，更是我們的孩子王。奶奶疼起我來又比疼小叔更為厲害，因為我也是奶奶一手帶大的孩子，小叔跟我竟有同輩爭寵的意味，小叔總故意做出吃醋樣，說奶奶只疼我不疼他。他是小叔，又像大哥。

奶奶回鄉探親十趟，每一趟都是小叔領軍從頭陪到尾，食衣住行打理得無微不至。第一次奶奶回到上海，得知母親活到了一百多歲，幾年前才走，親戚們帶著奶奶去上香，大夥還沒走到墳前，七十幾歲的老太太一個箭步往前跪下痛哭，「女兒回來晚了一步」。這些場景我們沒有親見，都是小叔告訴的。我無法想像用上海的吳儂軟語說出口是什麼滋味。

小叔年紀雖然夾在兩代之中，他的聲腔還是標記了世代差異。他也跟爸爸們說同樣的「眷村話」。

父輩之間有只屬於他們的記號，那也是時代加在他們身上的記號，口音。他們彼此之間說話時，便會轉換成一種「鄉音」。小時候我們只要聽到他們講話並不是用國語，而是用那種腔調，就知道大人們不是特別開心，就是特別不開心。兩種有別平常的情緒，好像要用這種腔調才能表達適切一樣。有時，酒過數巡開心了，會不自覺轉換成「鄉音」講心底話；或者，生活上遇到問題找兄弟姊妹商量、哥哥數落弟弟時，說的也是這種口音。這是他們的手足世界，換了口音小輩們就被排除在外。

到了我們此輩，既不會說祖輩故鄉的話，也不會父輩的眷村腔，又因為居住城市以及教育政策，也不會說母親的母語台語。一家人，每個人「母語」都不相同。到了大陸旅行，說起唯一會的「國語」，卻被人睜大眼睛讚嘆「妳的普通話怎麼說得這麼好！」我還要解釋一番，這是我的母語啊。

*

在成都，我們叔姪倆碰了面，我們也有了幾個新發現。

小叔說了一輩子川音，卻是頭一回踏上川地。我們碰面第一件事講的竟是，要注意四川花椒，麻得實在太夠力，一不小心咬破花椒可不得了。兩人都分享了咬破花椒的麻勁，猛搖頭說那當下實在受不了，麻過了之後又止不住繼續吃。這算是小的新發現。第二個發現是，旅行至此，還沒有真正尋到奶奶菜的味道，雖然她是有受到四川辣味一點影響，愛放辣椒，但家裡也沒吃那麼辣，尤其不吃花椒。

另一個大的新發現，則是小叔前兩天跟當地人吃飯發生的事。席間小叔告訴四川友人在台灣家裡也說「四川話」，立即講了兩句給對方聽。正宗川人一聽，笑得不可開支，說道「你這不是四川口音，是雲南口音。」小叔一愣，他說了一輩子的「鄉音」，卻從來不知道此鄉為何鄉，並非他父親的故鄉，也非母親故鄉。他年過半百，才知道這「眷村話」並不是曾經以為的四川話，卻是半路殺出的雲南腔調。

當年在四川待了八年的這群外省下江人，學到的在地方言也許並非四川話，就自然而然地用這口音彼此溝通，也繼續傳給了下一代。小叔驚訝之餘，沒有多說什麼。奶奶過世之後，他也很少使用這腔調，台語說的還頻繁一點。

在四川的外省人，是長江下游逃難來的難民。這群「下江人」一路沿著大江東流出了海口，到了台灣，繼續當「外省人」。剛開始這些上海人也不會講四川話，八年過去逐漸也就講順了。到了台灣，奶奶卻發現台語跟上海話也有共通之處，她在台北菜市場用她的上海腔普通話混著台語，跟菜販們一聊也是三十年。

但我們在家還是喜歡學奶奶說一點上海腔單字。她說「肉」會講「扭扭」，「吃吃看」

她說「掐掐看」，「我跟你講」她說「我跟你港」，說人三八、傻里傻氣是「十三點」*，「知道了嗎」會講「曉得嗎」，三個字要像跳過水面的浮水漂一樣簡潔，尾音的「嗎」則有上海腔特殊的濁音聽起來像是va。

還有，她告訴我們上海話裡外婆要喊作「娜娜」，第一個字一聲第二個字輕聲，但「奶奶」就與普通話一樣，就喊作奶奶。我貪圖那上海腔調的親密感，自此之後我都跟著表姊妹們喊她「娜娜」。

能用別於官話的方言表達情感，是一種幸福。這是口音的魔力，或者是因為我沒有方言母語的羨慕心態。但我總喜歡左一句右一句「娜娜」地叫著奶奶，感受方言蘊藏的特殊親密，這兩個字，大概就是我講得最好的「鄉音」了，也正是我鄉愁的來源。口音跟鄉愁一樣，如此單純，又如此深刻。

*十三點是洋涇濱用語，來自society的音譯，早期指在交際場合出沒的女人，亦有「三八」的意思。

拼圖（宜賓）

旅途中朋友問起為什麼會出來走這一趟，我都要掏出隨身法寶奶奶口述歷史解釋一番。這一本五萬字的小冊子是爸爸在老太太八十四歲時訪問製作的，原本謄出來的稿子有十萬字，因中研院近史所想納入《烽火歲月下的中國婦女》一書，刪減潤飾成現在簡明易讀版本。

爸爸是個教授，在名嘴電視世界成型之前，常常頂著一頭華髮出現在電視評論政局。小時候家人去爬郊山，一入山迎面而來的山友就跟他打招呼「瞿教授好」，可以一路招呼回家。父親的名字也出現在報紙，他蒼勁的簽名變成油墨印在紙上，他常對時事為文痛批或開口評論，大部分的人都認為他很嚴肅。我也一直這麼認為。

有段時間賦閒在家與奶奶同住，每天最緊張的時候就是中午吃飯，因為爸爸每天中午都從辦公室騎腳踏車到奶奶家吃午餐。原本想要休息的夏天，變成了每天中午與嚴肅爸爸吃飯的日子。

這段時間，了解了這極規律的母子時光：十二點三十分，奶奶開始下鍋炒菜，十二點四十分到四十五分之間，老爸就會出現。通常奶奶會準備至少三道菜，新鮮的菜都是午餐準備，到了晚餐就是回鍋再食。

午餐大約在一點十分之前會結束，收了碗筷母子兩人就在客廳看午間重播的連續劇，從早年的《包青天》，看到《施公奇案》，再到後來的《大長今》，奶奶總是沒有看完全部，老母子兩人通常到了一點四十分，就雙雙打起瞌睡。等到片尾唱起了歌曲，老兒子就準備回去上班。兩人隔日再見。

這樣的中餐，除非太熱太雨開會有事，爸爸幾乎天天報到。從奶奶七十幾歲吃到了八十幾歲，老爸的白髮跟奶奶的幾乎一樣閃耀了。

再隔幾年，我發現了他們的新規律。

吃完飯後，母子兩人又坐上了沙發，這回沒有拿起電視遙控器，老爸掏出了一台錄音機，擱在茶几上，按下了按鈕，你一言我一語的聊起很早很早以前的往事：

「妳小時候在碼頭打什麼工？」

「平常休閒都玩些什麼？」

「妳爸媽是不是帶你去過溫州？幾歲去的？」

「幾歲結婚？在哪裡結婚？」

老爸開始問起這些我們從來沒有想過的問題。沒有想過，是因為忘記奶奶不是生下來就是奶奶，她也曾是個小孩子，曾是少女，曾是小姐，也曾經是有爸媽的。問很多很簡單的問題，這是口述歷史的第一步，一個問題接著一個小故事，一點一滴，拼出人的一生。

＊

平常都是被採訪的爸爸，這段時間在家裡乖乖的採訪八十歲老媽媽。面對老媽媽，這不是一個簡單的主持工作，雖然問的都是簡單的問題，但老人家容易岔題，有時講到不開心的人情過往，故事會憤憤不休停滯不前，回去再聽這些錄音片段，還不時出現老爸勸奶奶別數落人，趕快繼續講故事的聲音。

老人家的過去像永遠在書架上的《追憶似水年華》，我們每次翻開總是在不同的頁數，每次閱讀也都不長不久，每個人翻到的都是不同版本，卻沒有人想完整從頭讀起。一本翻開太多次卻總沒有讀完的長篇經典，最後通常就會被供在書櫃，不再問起。

等到我們都已經在外面的世界發現更多光鮮耀眼的事物，決定家裡那本經典小說對我們無論如何都太沉重。

爸爸不願意這件事的順位永遠在日常工作之後，他用學者治學精神加上兒子的用心，召集了雅茹表姐參與整理口述歷史，加上中研院近史所的合作，老人的記憶終於印上白紙，清楚明瞭地成為小冊子。

這是老爸對奶奶的心意，也是對下一代的心意吧。老的人會離去，留下老故事，給年輕人當作故事書看，知道在我們之前的人是怎麼走過來的。

很難想像這麼龐雜的口語片段歷史，能夠整理出後來五萬字小說般的故事。告別式的時候家人重新編輯發給了親友，幾位朋友回去讀了，直說「真的像小說一樣」。老實說，那本像小說的人生故事書，我也是在告別式時才全部細細讀過。

讀了之後，才知道所謂一家人，其實是一種組合。

一家人都來自不同地方，奶奶出生的家，爺爺成長的家，爸爸叔叔姑姑的家，媽媽的家，都是不一樣的家，我探尋的並非一方裝在玻璃瓶中的泥土，而是一連串歷史巧合產生的時空組合。這樣的旅行也很容易地被冠上尋根的高遠意圖，但事實上又並非如此。每個人是一棵樹，有自己的根。

在旅程中，當別人以為我是背負重要意義的唐三藏，其實我常常既是想著逃出框架的孫悟空、也是貪吃愛玩的豬八戒、和自我壓抑的沙悟淨。我是一個人，也是一隻隊伍，領著不同的自我西遊取經。這本經是家家都有的經，難不難唸就看你把困難指認成妖魔鬼怪，抑或是腳尖的一顆小石頭。踢著走玩，也會往前行。

爸爸雖是四川出生，卻也沒有再去過四川。他三歲跟父母回到上海，五歲坐船到台灣基隆。知道我要走這趟旅程，他首先說想要跟我一起去，想從越南一起走到宜賓，他的出生地。我馬上搬出雲門流浪者計畫「只能單獨旅遊」的規定勸退了他。爸爸不死心退而求其次，「那我跟妳在宜賓碰面？」我笑而不語。知道他是擔心女兒單獨旅遊，想找個名目跟著。我出發前他也許覺得該放手，也只叮嚀到了一處不要忘記聯絡，其餘的自己小心了。

到了四川，接到他來email：

「在重慶不要熱壞了，據說武漢也是大火爐，要多保重。

奶奶常說揹著我牽著大伯走十幾哩路，也一直沒弄清楚在那裡，帶著我們去什麼地方，是去宜賓街上，還是去同濟醫院？那一段路，那些她口述跋涉過的地方，許多我都去過，我都完全不知道。

要不是妳要去流浪尋根究底，我想奶奶和我也沒有動機去回顧，那些地方就和我們好像一點關係都沒有。妳去了，才又把這些連了起來。」

其實是爸爸為這段旅程起了頭，他製作的口述歷史是清晰版的家族記憶，其他的記憶都分散在家族成員個人腦中，無法構成完整圖像。要不是這本小冊子，我們永遠只能瞎子摸象，偶然在聊天中拼湊一些飄忽的老故事，對於自身來歷與身旁故事逐漸不在乎。

帶著奶奶口述歷史這組私家拼圖，沿路又撿拾更多不曾熟悉的歷史拼圖，每一片都收在心裡，收的越多，旅途走越久，拼圖會自動浮現新的樣貌。你才知道原本以為遙遠的國家歷史其實都與自己的時空位置只相隔數個拼圖片。

順著家史的拼圖走，開始去問「為什麼來」「為什麼去」「為什麼逃」「又是什麼時候爺爺奶奶終於接受了這樣的命運」？逐漸知道你是流浪在少數人操縱的歷史版圖之上，權力決定了庶民命運，造成如此大規模的遷徙，讓人無法再返出生地，親人分隔數十年。

我很珍惜這樣一本在歷史洪流中只能算是一片羽毛的私家口述歷史，因為使我產生疑問。心裡不產生疑問，不會想知道更多。不用腳去走，也就無法丈量出祖輩流亡半生的心裡距離。

父親出生地（宜賓）

一九三八年底，空軍第六飛機修理場由漢口遷移到宜賓。爺爺此時加入國軍空軍，從漢口跟著移防到四川。

當我真正來在宜賓車站下車，那個在口述歷史只出現三頁的地方，是下午三點半。毫無方向感也完全沒有訂房計畫的我，決定先不下定論，給自己半小時的時間盲目行走。

的確開始是什麼都怕的。漸漸地你也像客棧裡的那些旅人一樣，可以窩居閒淡，也可以馬上訂了夜車前往幾百公里以外的未知。即使這未知早已包裝好，寫在手冊裡，沒走過一回你也不會知道前方到底有什麼。你並不會真正知道更多，也不會變得更酷，但終於習慣面對未知。

這一次，不知道為什麼，離開上一個城市時沒有先預定任何計畫，只在前一天晚上突然想走了，告訴新認識的朋友，嘿，明天我要離開了。第二天，那陣子一起吃飯走路的幾個旅友還特地早起，在清晨送我出門，她們知道我要去拜訪爸爸出生的地方。旅行的人都習慣告別，是有不捨，但都清楚自己準備好去下一站了，於是這是清明的告別，是自己決定的告別。

上了火車才發現是無空調普快。一路吹風六小時風景是稻田、河水、對面一家子滿桌乾糧茶水。臉給風吹髒了油了，記憶可以開始浮現。滿車的吵雜，吊著一整排電風扇，站著坐著一整車人，鐵路工作人員在第五個小時開始推銷毛主席誕辰一百年紀念十二生肖套幣。

*

在宜賓的街道上，沒有什麼旅人，半小時的盲目行走剛過五分鐘，從火車站穿越一堆意興闌珊拉客的司機，到了附近的十字路口，選了右邊的那條路。已經開始對自己的選擇有點後悔。為何不在成都先買好宜賓的地圖呢？為何不先預定旅社查好公車資訊呢？看看手錶，如此內心對話只讓時間走過三分鐘。在宜賓的第十分鐘，遇到了一個書報攤，買了一份地圖，展開在路邊看了半晌，方向沒錯，是往鬧區行走。順利的話，可以找一家小旅社放下背包。看看地圖，我離爺爺奶奶在此地居住的地方距離只有兩公里。

宜賓是一個小地方，金沙江、岷江在此匯合，至此開始江水稱為長江，宜賓也就被稱為「萬里長江第一城」。但初到此地並沒有感受到與這宏偉的稱號相等的氣勢。

我唯一預定要造訪的景點是岷江口的流杯池公園，那裡有一座劉備廟，爺爺奶奶七十年前就住在那裡。我手上只有地名，沒有任何其他的理解。現在的我該為自己找個歇腳處，吃頓晚餐睡個覺，一切的計畫明天再說。

旅程第五十七天，頭髮紛亂，皮膚黝黑了，偏偏川地夏午的斜陽依舊濃烈，穿越了三條鬧街終於在大觀樓附近圓環找到了一家簡單的旅社投宿。窗子打開望出去，還能看到大觀樓，乾隆年間蓋的藏經閣。

放下了行李，一身輕便出門去吃「燃麵」。

在成都時就聽說了這種麵，認識的四川女孩說她每次回宜賓一定吃當地最具特色的傳統小吃。這種麵條舊稱油條麵，油重無水，點火即燃，所以叫它燃麵。一小碟子盛上了麵條，拌了宜賓黃芽菜、小磨麻油、花生、辣椒、花椒、青蔥，就是隨時可吃的小食。來一盤麵一碗湯，一疊小菜，一個人的晚餐也就打發。在人民路上的這老店家吃得滿嘴又麻又辣，有像奶奶做的涼麵，但不似奶奶加了蛋絲雞絲那麼多料，這是以香辣取勝。看看臨桌大夥兒都點了冰涼的白木耳湯，心想有理，入境隨俗的也來了一碗。食畢，天色已暗，人民路下班放學的人群多了起來，我獨步漫步走回旅社附近的夜市。

*

瞿順卿和徐留雲夫妻在宜賓住了六年，瞿順卿在六工廠上班，做的是修飛機的工作，從一位上海的白鐵師傅蛻變成抗日戰爭中修飛機的隊員。他與新婚的妻子徐留雲原本住在靠機場公家房子，後來搬到了岷江旁一個叫弔黃樓的小鎮，是徐留雲趁著先生的同事調走，搶著一年一付的租金訂下的，有一個大房間和一個小房間。

徐留雲說那時候局勢很亂，「老實一點的根本租不到房子」。況且她不是省油的燈，她把一套房子租下來，自己住後面大房間，小房間租給別人，大房上面還有閣樓也租出去。這樣一來，收了兩家房租，房子等於白住了。

不要說租房子得靠本領精算計，即使領的是國家俸祿，薪水也不穩定，冬天發的粗布棉襖棉褲像麻袋一樣，棉花從外面都拉得出來。制服鞋子都要自己買，瞿順卿平時走路上班都穿著草鞋拿根棍子撐著走，沒幾天從上海帶來的兩雙草鞋就走破了，做妻子的只好偷偷學鄰居做鞋。她總是這樣，愛面子，不好意思問人怎麼做，都是用眼睛看，回家自己摸索著做。等到做出了八成樣子，才願意拿出來問人。如此竟也學會了包粽子、打毛衣、做鞋子。「沒有人生下來什麼都會的，只要肯學，一定學得會。」話雖如此說，徐留雲要學，一定都是偷偷學。

瞿順卿是個手工精巧又勤奮的人，有段時間拚命補習英文，應該是當時英美盟軍加入抗日戰線的時期，有機會可以去修英國飛機。後來大家都謠傳英國修飛機管得很嚴，敵機打來的時候，修飛機的人不能離開飛機場，要等飛機起飛才能離開。但飛機一起飛，敵機炸彈就下來了，所以徐留雲並不主張先生去。徐留雲是活命主義者，不但要活命，也要盡量活得好一些。

民國二十八年日本人開始轟炸宜賓，轟炸過後夫妻倆還去機場撿炸彈片賣錢。剛炸過的炸彈片還是燙的。後來抓漢奸抓得兇，常抓撿炸彈片的人，連路人都隨意抓去，他們便不去了。

就這樣，年輕的軍人夫妻在四川工作生活，生大兒子海根前還會去看電影，一週坐船一次去採買一個禮拜的菜， 薪水分三份，三分之一買魚肝油給先生兒子補身體，三分之一付房租，三分之一買米油鹽醬醋，菜自己種。

每個月買三斤豬油三斤花生油，豬油用來烙餅吃麵用的。偶而去野地摘薺菜 ，被四川人笑那是餵豬的，但上海人北方人都知道，薺菜炒肉絲是極香極好吃的。

晚上先生加班，六點加到九點，可以領九塊錢，妻子在家把舊的毛衣抽開打成新的。有時也會打花會，就是那時的彩券樂透，賭的不是數字，卻是《三國志》裡面的人物，把劉備關公等名字寫曲盒來掛在梁柱下的紅彩球，讓買的人押寶。這些小小的押寶快樂，一直維持到奶奶八十幾歲。她走之前幾個禮拜還交給我兩張樂透，我一看，她中了三四千元。

這麼亂的戰爭中，人們的生活還是依照著日常節奏前進。生活也許苦一點，命運擺蕩的幅度更大一些，但只是換個方式過日子。結婚生子買菜吃家鄉味然後再繼續生孩子養孩子。

*

民國三十三年我的父親在四川宜賓出生，也是抗日戰爭的最後兩年。

這一年日軍在太平洋戰場形式惡化，選擇開啟豫湘桂戰線打通往東南亞的鐵路交通，在這裡中國軍隊大潰敗，重慶都受到壓力。另一方面，中國遠征軍和駐印軍則從外大反攻，自緬甸強渡洶湧怒江，收復日軍佔領的松山、騰衝等地。有失有守，戰況緊張，幸而我的父親年幼，全然不知。對於生在那時的小家庭而言，那是個政府拖欠軍人薪餉，軍眷看著米缸空蕩的時局，天上還不時有敵軍轟炸，三天兩頭要跑空襲警報。

三十幾歲的我實在無法想像一個二十出頭的少婦，拉著大兒子肚子裡懷著二兒子強悍地在異鄉生活。她說三天兩頭帶著大兒子去城裡看病，一週要坐兩三次船從岷江對岸來到城中，去同濟大學附屬醫院看病。

那時上海的同濟大學全校西遷至四川南部的古鎮李莊，隔了不久，醫院遷到了宜賓，奶奶說這是宜賓最好的醫院。其實那不只是宜賓最好的醫院，在精銳都遷到四川的情況下，同濟也是戰時中國重要的醫學研究中心。

當我行經翠屏區的宜賓第二中學，知道那是舊時宜賓女中，也正是同濟大學醫院在宜賓五年的舊址。奶奶曾經拉著大伯看病的地方。就在我住的旅館不遠處。

而今天我要去「流杯池公園」，尋找一個名叫「弔黃樓」的地方。兩個地名都與黃庭堅有關，流杯就是曲水流觴，古時文人宴飲作詩為增加酒興的遊戲。將酒杯放在彎曲水渠中任其漂流而下，酒杯停在誰面前就該誰喝，這裡的流杯池正是黃庭堅謫居宜賓時修建。而弔黃樓，憑弔的也是黃庭堅，是同為貶官的蘇軾來到宜賓時修建的樓。宋時宜賓古稱戎州，聽名字就知道是偏遠地區，中央被貶官員才會懷著失意來此蟄居。

我猜奶奶也有種蟄居的感覺，從上海長江出海口的輪船碼頭來到內陸長江源頭的城市，自認見過世面的上海年輕女子被四川當地人當成貧窮的外地「下江難民」，這滋味鐵定不好受。

不過在她自己眼裡，應該還是覺得被叫做下江人的上海人還是比較「文明」的。她曾經聽鄰居太太們在聊天，都是宜賓當地太太，問起彼此先生出差何時回來，一個婦人答「禮拜九」。奶奶忍不住大聲說：「沒有禮拜九啦。」宜賓太太還問「怎麼沒有禮拜九，一個禮拜十天嘛。」經奶奶告訴才搞清楚是七天，她先生下禮拜二回來。太太才說「喔，一個禮拜才七天啊。」

以七天循環記日的方法是外來的，住在沿海口岸大城市邊陲的奶奶，來到了歷史中貶官常駐的宜賓，講述笑話還是展現了都市人的優越感。

*

奶奶只提過一次「弔黃樓」，我們很奇怪這地名，到了宜賓才知道是個知名勝地，是黃庭堅留給宜賓諸多文化遺產之一。我問了旅社櫃台如何前往，便按照指示跳上公車，不消十來分鐘，車子就接近了一座大橋，我往外一望見到滾滾黃色江水便知道是長江了，大橋的另一頭匯流進來的就是岷江。

巴士司機車速飛快，彷彿這裡並沒有設站一般，沒有停車的跡象，我趕緊按了下車鈴後站到車門口，發現這一帶人煙稀少，的確沒有人準備要下車。果然，車一到站，只我一人下車，沒人上車。

我依照指示往公園裡走，那是一個小山坡，偶有三三兩兩老年人做運動散步，轉個彎看到了一座平房式的老人安養院，老人們在門口閒坐，見人來了抬頭望了我一眼，看到我背著相機，冷冷的又轉過頭去。這裡實在不像是個遊客來觀光的地方。但就在安養院對面，我看到了要找的目標，「劉備祠」。

劉備祠顧名思義就是祭拜劉備，這裡是蜀地，處處有三國文化。但我追尋的並非廣為流傳的三國故事，而是他人從未知曉的家族軼聞。軼聞因為久遠也未必能被記住，或者因為沒頭沒尾，也只能在家人閒聊時帶過，或是思念家人時從腦中閃閃晃過。

這裡曾經是爺爺奶奶幾乎每天都來的避難場所，只要有空襲大家就往這裡跑。我猜他們就住在山坡腳下的不遠處。即使奶奶講了好多次躲空襲的往事（包括如何快速打包，要帶哪些物品，如何一手抱娃兒一手拎飯鍋，還要準備簡單寢具等），我依然毫無想像能力的把空襲警報與小時候萬安演習躲在桌下的經驗劃上等號。但是當我到了爺爺奶奶實際逃空襲的地方，仔細回想了她的話，才知道空襲不會都是在下午兩點出現兩點半結束，常常真的空襲是在晚上發生。要是晚上逃空襲警報，他們就鋪了蓆子睡在水溝旁。有一回奶奶起身看到一條蛇的頭，嚇壞了再也不敢睡水溝邊。

我實地看了一下劉備祠的環境，就是一個山腰一座廟祠，要是全部山腳下的村民都逃到這裡躲空襲，的確也只能露天席地作息。我站在劉備祠門口拍了好幾張照片，直的照，橫的照，遠的照一張，近的再照一張，那些閒聊的老人們都轉過來看我，這個沒人來的舊祠冷清大門，到底有什麼好拍的。我檢查了幾張照片，嗯，沒有故事的話就是間老廟而已。

再往前走，是丞相祠，諸葛亮南征雲南時曾經在此施發妙計以寡敵眾。爺爺在宜賓有段時間就在丞相祠上班，大抵是各單位都找了地方幹活兒，修飛機的六工廠選了長江北岸孔明日夜點將的地方。這裡還有一口井，叫孔明井，我依著石欄杆坐了一會兒，一對夫妻帶著小孩走過去，荷花池中的涼亭有一對男女在閒聊，除此之外，沒有遊人。

我往上走進弔黃樓逛了一圈，一樓有奇石展，玻璃櫃中放滿了各種石頭，陰陰暗暗的，裡面也只有一人守著在聽廣播。我在門口拍張到此一遊的照片，就離開了公園。走到江邊，路上偶爾有人看我兩眼，他們也奇怪拿著相機、地圖的遊客怎麼會來這裡？天空和江水都灰成一片。

這已經是另一個國家了，所有的記憶都已被抹去。我為了什麼來看這個灰色城市？我所尋找的並沒有在這。歷史流過了之後就過去了，不會有一樣的水再次流過。你找到了原地重遊，留下的碑文建築和種種故事都是大人物們的歷史，小人物的故事早就順江而下，沒有痕跡。

我來到奶奶提過的建築，感到實在；又因為什麼都沒有留下，而感到空虛。同時感覺實在與空虛，是很荒謬的。我看到了想看的土地、建築、江水、山丘，卻什麼也沒有看到。我的眼睛看著七十年後的現代風景，腦中上演七十年前的沒頭沒尾故事。我很高興，同時很悲傷，在這裡接近了年輕時的爺爺奶奶，又在下一秒的現實中遠離他們。

四川宜賓諸葛亮祠堂

我沒有穿越時空，是時空穿越了我，讓我同時存在不同記憶。在長江被稱為長江的起點，時空暫時停止，我處在時間感並置的狀態，感官支離，我是一個鬼魂般全知觀點的敘述者、一個故事主角的後代子孫，也是一名到此一遊的觀光客。

因為思念奶奶而來，因為想知道她的故事而來，但隻身進入歷史現場的瞬間，太多故事與現實交疊，你知道的與不知道的片片段段有如萬花筒游移切換。你彷彿目睹了一切，這場祖輩年輕父輩初出世以及戰爭起落的大戲，就是在此處活靈活現地搬演，看到憂傷處你哀愁了，到了輕鬆的地方你又笑了，像個傻子。

一人走入歷史，又悄身出來，時光悄悄扭轉了心弦的角度，彈撥出的聲音使人理解了過去。看見前人的來時路，過去所知的故事在眼前突然延展大開，變得更深更遠更立體，好多細節都向你綻放。

坐在長江邊，背著相機捏著地圖，我無法抑制掉下眼淚。有人走過空蕩蕩的公園，我捏著衛生紙把鼻子擤了擤，站起來往岷江大橋走去，暫時從這過於真實的歷史現場撤退。

我一直不明白當時為何哭泣。

也許是在親臨前人舊地的時候，是這趟旅程首度正面撞上奶奶所描述的故事現場，在那一刻瞥見了一連串大小歷史的切面。我不僅感受到自己的渺小，也確實看到時光的消逝。那淚水並不是憂傷，而是一點一滴的開始理解。我到達了祖輩成家的地方。這樣的旅遊主題似乎有些感傷，原本不是這樣設定，但的確感傷了。我在時空中緊捏著一條虛擬的線，飄忽地前進。

也只有獨自旅行，才有機會用莫名淚水洗滌疲憊的心。站在岷江大橋上看著黃滾滾的江水，感到平靜了，回到二十一世紀的現實，才又跳上巴士回到市區。

青年旅舍的身世（成都）

雖然是追逐奶奶的故事，沿著歷史而走的路途也常不經意巧遇他人故事。像是後來我工作時訪問的一位成都老太太。我們一共見了兩次，她是一位老邁的出家比丘尼，四川成都人。相見在台灣。

第一次見面她睡在走廊的床上。我們一到，院方人員喚她一聲，她馬上起身坐好。一開口是四川話，我聽得懂的。女孩子講四川話，軟軟綿綿的，老師父也是如此。問她一句，她答一句，話不多，完全精準清晰，沒有聽錯也沒有顧左右而言他，沒有答非所問進入自己世界的夢囈。志工說師父有些輕微失智，有時又非常清楚，「師父非常聰明的」。
這是影片製作工作的現場，跟旅行一樣到處跑、認識新的人，這次我們拍攝許多位老人，這位比丘尼是其中之一。老人很淡定。在安養院陽光清朗的交誼廳，她通常都坐在一角念佛。
第二次去就是正式拍攝了。我們做了訪談，老人家的回答依舊簡短。關於過去的事，久遠一點的都說忘了，比較近的事，看起來都記得的她也輕輕帶過，只說念佛最好。我不死心，又重複問了年輕的事，老人有些累了便更為堅定的只要我多念佛。攝影機紅燈還亮著，我想，最多就是這樣了吧，再也問不出故事，便請攝影停機。
有時候想想自己的工作好奇怪，我們總是在挖掘故事，帶著攝影機直入人廳堂，希望按下錄影鍵就可錄到精采故事。有時只能等待，就像現在。這時，平時照顧老人的社工員剛好回來。年輕的小姐從辦公室拿出一只藥袋，說這些是師父年輕的照片，搬入安養院時就一直帶在身旁，現在交由她幫忙保管。
一張一張拿出來看，是一九三〇年代的黑白照片，是照相館照的，畫質到現在依然清晰銳利，黑白分明。照相技術以及沖洗的質感以現在角度都可說是上乘。有家庭合照、有獨照、甚至還有我叫得出名字的京劇名伶的照片，有些後面還寫了吾友留念等字樣。

這不是一般平民在那個年代會擁有的相片，訪問了二十幾位老人，幾乎都沒有老照片。當我們殷切問起有沒有老照片，都得到這樣的回答：「那個年代這麼苦，怎麼會有照片。」這位頭腦清晰的比丘尼師父卻有一整疊。社工便說了，師父年輕時是將軍夫人，她自己不特別提起，也並不迴避，但畢竟出家已經幾十年，那前塵往事已經是過往雲煙。

當下把照片拿給師父看。她滿覆皺紋的手撫過照片，一張張翻看，時光立即在指尖穿梭。我看師父神情，知道她記得。她淡淡的指出相片中的人物：「這是我，那是我先生，這個是阿姨……那張是朋友，他的名字我忘了。」

相片中，年輕的師父臉圓豐腴，穿著深色中等長度西裝外套，站在據說是將軍的先生旁邊，甚至可說是樸實的，並不是我們電影印象中那樣總是穿著旗袍的美豔軍太太。將軍沒著軍服，掛著眼鏡有些中廣身材，看起來也只像個殷實商人。

師父說了先生的名字，社工說師父的口音他們不確定是哪幾個字。我依照讀音記下。藥袋裡還有一封署名給師父的信。並非師父現時的名字。我們猜測是舊名。她的媽媽在民國六十九年去世，寫信的人說，何時過身又何時安葬，交待了一些瑣事，最後要她隔海持香遙拜。這封信大大的一張紙，折了好幾折，信尾還蓋了送信人的章。這封信保存得相當完好，與照片一起平整收齊跟著主人幾十年。

回家後用同音字上網分別都查了，師父的俗家先生是川軍。後來跟國民黨來了台灣，做了些酬庸性質的政府職位，一九六〇年代就過世了。師父不久便出家為尼，居住寺廟佛音中，直到老邁搬到安養中心讓我們遇見了她。

再繼續查，當年他們在成都的將軍府後來被外國人買下，改成了青年旅社。老闆保留了老宅的古色古香，成為頗受歡迎的遊子據點。我一看名字，竟是我在成都時打過電話訂位的青旅，因為太過熱門，打了幾次都沒有空床，只得放棄。我們都愛那些老宅子，因為有古老的味道，可以給我們一些現實之外的想像。我們用各式相機拍照留念，上網分享，互相按讚，但真正鋪墊在影像下面的故事，有時候卻是消淡如絲的一股清煙。

在成都時我有經過那大宅子，被整理得很好，古意盎然又因為各國旅人而青春散放。沒有想到會有緣跟宅子的過往女主人相遇。她年輕時一定曾經在那大宅居住出入，當年是何等情景，已經無法追尋。

我有如此緣份可以輕觸她的手，叩問她身上流轉的歷史痕跡，即使老人已經雲淡風輕，這些半透明的歷史連結依然畫出了一幅素描，看到了一個大故事回身時最後的背影。

第三章　沿江而下

遇見爺爺（南京）

到了四川，其實徐留雲逃難的路程已經告一段落。在四川待了八年，直到抗戰勝利，瞿順卿先復員上海，直到半年後眷屬才隨著空軍八大隊回上海。當時規定小孩不能搭飛機，但那時候四川土匪多，徐留雲沒辦法一人帶兩個小孩，拜託同事帶大兒子偷偷搭乘飛機，到上海再交給先生。第一次沒有成功，大兒子一聽到飛機聲就哭，第二次才成功。

徐留雲自己帶著二兒子上了「老母雞」轟炸機，從宜賓飛回上海。這是她生平第一次坐飛機，她並不知道回到上海後沒多久又要離開，而下一次再坐飛機回到上海故鄉，會是四十年後。

我的旅程，從四川之後沿江而下，坐的是火車。並不直接去上海，我要去武漢南京，這是爺爺抗戰爆發時待過的地方，我反著走回去。

在我出生前七年過世的爺爺，出任務到花蓮心肌梗塞發作，隔天過世。他從二十六歲加入空軍成為機械師之後，大半生與飛機有不解之緣。我即將前往的地方南京武漢就是他由平民百姓轉為軍人的命運轉折地，從此之後全家跟著空軍機場遷移。

*

南京有種靜謐的氣氛，到達時是晚間，公車乾淨道路清爽，即使在夜間也可感受到一絲曾是大國首都的氣氛。這裡曾是六朝之都啊，只是不幸都國運短暫。道路是筆直的四線道，前往青旅途中經過總統府，是中華民國的總統府，現在純粹是個歷史觀光景點，純然前朝皇宮意味的。

到此地之前，曾有老旅人跟我說，南京人脾氣暴躁，要是真遇到了也別太在意，「經過大災難的地方，脾性會變」。我知道他講的是南京大屠殺。但我沒聽過這種說法，也就沒搭話，只說去了會好好體會。想起了重慶認識的火鍋女孩，找出名片打了兩通，沒有人接，也就沒有再打。

人與人靠緣份，長短難定。人與城市之間的關係也很奇妙，一開始通常建構在片面的認知上，曾經聽過的故事，看過的一本書，某個住在那裡的朋友。出發之前講到南京我大概只想得到曹雪芹筆下的金陵十二金釵，南京總統府所在地從前正是江寧織造。支撐起《紅樓夢》似假又真故事的是曹雪芹十三歲之前居住的金陵南京，與發生日本侵略進攻首都的大屠殺是同一個城市，在實

南京夫子廟鴨血粉絲湯。到了南京，每日都去報到

際抵達之前沒有想到。

從火車站坐上公車一進城不禁抖了一下。是啊，這裡不僅曾有金釵，也曾是悲劇之城。突然腦中浮現從前看過的大屠殺照片。

因為是夜間，因為我膽小，還是盡量不往悲劇方面去想。幸而公車駛過一段看似無人安靜區域，一轉彎又來到熱鬧的夫子廟，我在這裡下車。到達的第一個晚上我什麼都還沒看到，決定還是把想像的南京與曹雪芹送作堆。

歇腳的旅社就在秦淮河邊，緩緩河流兩側是古式房樓，叮叮噹噹的燈火沿著兩旁映照著河水，有遊船經過，都是來觀光的。

*

拿了門卡，這裡是男女分房，更像學生宿舍了。三張床，上下一共六個鋪位。進門時只有一個趴在床上打電話的女孩，其他的女孩子都沒回來，只剩一張上鋪，別無選擇我把東西扔了上去。翻起隨身的口述歷史。

民國二十六年，「八一三松滬戰役」爆發，繁華都市成了戰場。這就是我們所知的歷史轉折點，戰火正式進入生活，砲彈從天而降。

爺爺瞿順卿民國元年生，當時二十六歲，是個白鐵工匠，做了幾年學徒之後，已經出師可以自己接案討生活，焊接的鐵工和蓋屋工程他都接，有時自己包案子，有時候去幫人完工。

上海戰火爆發之時，他人並不在上海，沒有人確切知道他在哪裡（誰管一個白鐵工小人物戰爭中人在哪裡），因為瞿順卿那年完成了江西長達一年的工程回上海家裡休息了一個月，沒多久挺不住媽媽叨唸不工作那有錢。眼看戰火就要爆發，大家都往家裡走，他卻決定往南京武漢包工程討生活去了。假想一位青年的心，媽媽的嘮叨或許比戰爭還煩人，先煩的先躲，出去賺錢掙個耳根清靜是也。

前腳才離家一個禮拜，後腳日本人就打進上海，瞿順卿從此沒有音訊沒消息，如此兩年。徐留雲八十幾歲記下的口述歷史裡，也只有兩行提到他這兩年的經歷。

未婚妻徐留雲也沒有閒著，她在上海家裡忙著用棉被浸水綁在身上訛傳可以擋砲彈，還領著姊妹嫂子去了崇明島躲戰火。日本軍上岸了，山河變色，東半國度淪陷，戰線還沒有歇止的意思，日本人還要繼續連接佔領區，直達東南亞並向西進攻。

後來重逢了才知道，這段時間原來瞿順卿從上海到南京、杭州到武漢，與幾個同行決定離開牛肉罐頭工廠（他在那裡的工作是每天把蒸好的牛肉焊封在罐頭裡，也吃了不少牛肉，因為牛肉卡牙縫，把牙口都吃壞了）。

民國二十七年日軍頻繁轟炸武漢，日軍漸漸逼近，這時瞿順卿在漢口。他原本是膽小的，夜間不敢出門說是怕鬼，卻在漢口轟炸看了太多死人，還得從死人身上爬過，從此知生知死，「就算怕鬼也說只恨日本鬼。」

從南京遷到武漢的政府軍事機關，這時再度決定撤退到四川。空軍第六工廠要撤退到四川，很多人不肯跟政府走，開始召募增員。瞿順卿與幾個工廠朋友一起報名進入空軍修飛機，活過武漢空襲，他在漢口成為增員新兵。整修屋頂、焊牛肉罐頭的年輕鐵工，如今成了修理轟炸機的國民軍隊士兵，二十六歲的他只是跟著機運走，並不知道這一個身份轉變牽動了此後一家族的命運。

原本要與徐留雲民國二十六年底結婚的事也就擱置了。

別說婚事了，這段時間的戰爭簡直是嚇人，日本軍隊從上海登岸之後，一路打到南京，民國首都不僅陷落還滿城屠殺，一死三十萬人。只是徐留雲瞿順卿兩人當時都不知道其他地方發生了什麼事情。

*

故事至此，有了大致的時空輪廓。南京是爺爺過渡的地方，也許奶奶知道他當年在這裡待了多久，但我們沒問，這一段小小的故事就是完全空白。而我已經在南京城內。

闔上口述歷史小書，寢室的女孩都回來了。大家交換了旅遊的資訊，有人說可以去南京大屠殺紀念館看一看，隔天一早我就出發去了。

那是一個現代化的建築地標，位在江東門，正是當時發生屠殺的地點之一，曾挖掘出數以萬計的罹難遺骨。廣闊的腹地像荒漠，碎石狠狠地撲滿了紀念館外的廣場，你得耐心地橫越筆直的走道，也是給觀光者一個心理準備的時間，因為接下來走進去面對的是過於巨大的人性浩劫。門口掛著一張牌子，說這裡列入了世界十大「黑色旅遊」景點（其他景點包括了世貿大樓遺址、廣島和平紀念公園、奧斯維茨集中營等）。

幸好參觀者很多，穿過一間又一間驚心動魄文圖史料的展覽室，還有一張張從前曾經看過的血腥照片，要不是身旁有人此起彼落地交談，獨自一人面對這龐大的恐怖真的會害怕。到後來都盡量挑人多的展覽室去參觀，免得缺乏人氣背脊發冷。

走完所有的展覽室後，進入一室挑高的空間，有一整排與天花板齊高的檔案櫃，每一份上面有一個名字，可以抽出來翻閱。我隨意找了一本打開，裡面只有一兩張A4大小的文件，上面記載了倖存者的口述歷史，依照這些片段又雜亂的口述資料，紀念館把所有提到的罹難者人名建檔，檔案中不乏張三、李四、陳某、蘇奶奶這樣軼名稱呼，翻開這些檔案，常常有只在倖存者口述中提到混亂中驚鴻一瞥的生死最後片段，「我看見隔壁村子的吉奶奶混亂中跌倒了，後來就沒再看到她⋯⋯」這樣的檔案數以萬計，跟紀念館另一角保留的萬人坑一樣，白骨層層，怵目驚心。

那天從紀念館回到青旅，一點胃口也沒有，沒有去吃每日造訪的夫子廟鴨血粉絲湯，只拐到市場買了一袋水果便回去了。

趴在床上拿了一隻鉛筆決心好好地比對一下歷史事件的先後順序，翻開了口述歷史，拿了筆記本，把世界歷史、民國歷史、與家族史排排站好，用我的方式認識爺爺經歷的時空。

好，重頭開始想一遍。

按照奶奶說法，爺爺上海戰火爆發前一週離家，到杭州南京再到漢口，不知道哪來的好運，日軍轟炸和攻城掠地根本就是跟著爺爺的屁股後面跑，卻又沒傷到他。爺爺總在大事發生前一刻，先站上浪頭往下一城去，簡直就是在站在歷史浪潮上的渺小生命，跑慢一步就會被戰火暴力捲進去。

在他那段兩三個月沒有任何記載的路徑途中，大概可以得到這樣的結論：他在南京包了個工程，完工之後離開南京，民國二十六年底就發生了大屠殺。爺爺與大災大難擦身而過，全身而退，才有了後來我們所知的故事。

計算這些時間的時候，我突然有了無比耐心，要把歷史與口述之間相差幾個月誤差降到最低，從前唸書也沒那麼認真。對於這些數字的斤斤計較，我化身挖掘歷史冷門祕辛的業餘狂熱偵探，執著一個極小的事件用放大鏡檢視歷史的碎片渣痕。

原來，爺爺只要晚一步就會碰上南京大屠殺啊。是幾天幾個禮拜還是幾個月，已經不可考，但是在抗日戰爭中上千萬的死亡人數中，能夠躲過一劫又一劫都是幸運。

這是一段沒有直接碰撞歷史的「隱形歷史」，也是在所有偶然與機遇中，最幸運的結果，躲過了「極有可能發生，卻沒有發生」的悲劇。在無限的可能性中

南京總統府一角

（萬一工程延後了？）我的爺爺因為種種細微因素（認識了新朋友要結伴一起離開？）命運有了這樣的發展。要是沒有回頭去看，我們並不會知道他在無意中（或者有意？）躲過了什麼樣的厄運。

在這裡，我是偵探、是說書人、也是唯一的觀眾，旅途越往後面我越沉默，故事太龐大，與我的連結又如此虛微，不知道如何跟人訴說。穿梭南京總統府、梅園新村的法國梧桐樹、回到秦淮河畔夫子廟，突然下起了很大的雨。怔怔地回到旅社收了晾乾的衣物，從靠河曬衣木陽台看雨，突然發現我置身煙雨江南的古城。

城市是老的，屋子是老的，人卻是流動的，時光也是，而我在這層層疊疊交錯之中找到了爺爺的一小段模糊的故事。我為他七十多年前逃過的劫難感到慶幸，而這也是我們從未謀面的祖孫倆第一次單獨相遇。

味道出現（杭州）

旅程中，我每天都紀錄出發的天數，到第七十幾天時，來到了杭州，這裡已經是江南，有種旅程很快要結束的感覺，時間真是太快，除了家裡嗜辣這點與四川脫不了關係，但我還沒吃到全然跟奶奶菜色相同的菜。難道這計畫完全是個空想？什麼追尋奶奶食譜，結果沒有任何收穫。

不過我毫不在意，無所謂什麼成果不成果，這一路像時光機一樣的旅程太奇異，況且我又吃了不少好料。從越南河粉、雲南米線、貴州酸湯鍋、四川吃辣，又到了江南吃點心，

每換一地就換一套口味，卻因為走很多路居然還變瘦變精實，真是可喜可賀，完全與出發前虛浮白弱貌不可同日而語。

每天的宿舍生活讓我發展出一套生活規則，東西越來越精簡，每日洗衣收納也得心應手，沒有手忙腳亂東西找不到的時候。身上帶的書能夠留在客棧的都留下了，用不著的睡袋衣物也全寄回家裡了，第一次覺得身上沒有多餘廢話，每天過好當天就是幸福。

就在這樣沒包沒袱的心情下，走進了杭州，在西湖畔一共住了幾天。

每天去路邊租借市內單車，只要有車刷了卡就可以騎走，只要有停車架又可刷卡歸還，旅人居然有了騎車買菜逛街的日常生活，繞著西湖過日子，好不愜意。

*

杭州西湖

第一天在當地有點名氣的小館想吃點所謂的杭州菜，東坡肉、宋嫂魚羹、溪湖醋魚、龍井蝦仁、西湖蒓菜湯等都吃了，卻覺油膩，是名菜沒錯，但不是奶奶家常口味。

隔天換了一家家常餐廳，看裡面不少當地人，應該不是專給觀光客吃的餐廳，應該好些。一拿起菜單卻發怔了。

一整張菜色，幾乎有一

半都是我家出現的家常菜。爛糊肉絲、蜜糖蓮藕、油悶筍。一想，我已經踏入了八大菜系中的浙菜，而上海菜也吸收了浙菜精華，想當然奶奶的菜重現於此，不該奇怪。只是怎麼走到這裡才發現呢。

我們心中都有一份食單，那些食物是最能安慰你的熟悉味道。身為人愛吃，身為鬼也會受到吸引，於是我們都用食物來祭祀前人。食單是可以招魂的，屈原就這麼做過，〈楚辭．招魂〉不就羅列了一席酒菜對著楚懷王的魂唱著：「魂兮歸來！東方不可以託些。長人千仞，惟魂是索些。十日代出，流金鑠石些。彼皆習之，魂往必釋些。歸來兮！不可以託些。」

魂啊，回來吧。東方不可以停留，那裡的人身高千丈等著搜你的魂，十個太陽輪流上陣金屬都要融化，你往

東坡肉

那兒去必定魂散無存，回來吧！回來吃點東西吧！來，我們準備了這麼多菜給你吃啊。屈原接著就寫下一大串菜單。

「稻粢穱麥，挐黃粱些。大苦鹹酸，辛甘行些。肥牛之腱，臑若芳些。和酸若苦，陳吳羹些。胹鼈炮羔，有柘漿些。鵠酸臇鳧，煎鴻鶬些。露雞臛蠵，厲而不爽些。粔籹蜜餌，有餳餭些。瑤漿蜜勺，實羽觴些。挫糟凍飲，酎清涼些。華酌既陳，有瓊漿些。」

稻麥雞牛皆備了，酸的辣的甜的清涼的口味都有，紅燒的烤的燜的炖的都有，快回來吧！亡魂！魂兮歸來！

屈原的酒食是楚國飲食，如此抒情又如此具體，一場祭拜成了人魂同歡的盛宴。兩千年前的雲夢大澤旁，湘水飄渺一望無際，正適合詩人憑著想像與故人神交，兩界相望，只有食物給予了我們溝通的可能。

屈原招喚的是楚王亡魂，而我的食單招喚回的是年輕的徐留雲。

她年輕口味的養成，我因為到了浙江漸漸知曉。在渺渺西湖畔，山色水色也是一望無際，這一整路的追尋有了逐漸清晰的答案。想像中因為逃難造成的大江南北的口味其實只佔了一部份，有川辣有北方麵食的影響，但奶奶的主要食單是一封家書，不會寫字的她日日做菜與故鄉安靜連結。

我奇怪的是，怎麼從來沒有想到，我從小到大家裡吃的幾乎是江浙上海菜呢。我還以為爛糊肉絲不過就是冰箱裡剛好有了大白菜，奶奶拿來炒了肉絲。油悶筍就是用油煎了加點醬油罷了。事實完全不是如此，家裡吃的幾乎每一道菜，都是奶奶故鄉的味道。越接近她年輕的生長地，味道越明顯。

原來奶奶跟我玩猜領袖的遊戲，只不過這場遊戲不是用拍手聲響作準則，而是味道。我一路走，一路吃，一路感受，味覺雷達完全沒反應，在白蛇傳的城市裡，才雷達訊號大作。在此地看到處處是蓮花池的地景，也明白了奶奶為何愛吃蓮子菱角蓮藕，生在這樣的氣候環境，當然就愛吃這樣的食物。

在杭州的小餐館裡，我點的是爛糊肉絲、冰糖蓮藕、菜飯、醺魚。我懷疑自己能不能全部吃完，不過在奶奶過世之後，這些菜都就沒再吃過，算算已經有兩年。味道終究不同，但已是近來最接近的一個味覺記憶，我暫且滿足。

越簡單的食物越難，因為你總以為很容易煮，卻不一定煮的出心裡那一味；越簡單的道理越難發現，我們太自以為聰明，洋洋灑灑的尋找食譜計畫，其實只是在奶奶生前少問了一句：「妳愛吃哪裡的菜？」這一回的自以為聰明讓我老老實實跑一大圈，路程千里，答案老早在家裡。要是老早好好問老人家，也就不必猜測半天，還到處尋味了吧。不過也好，這是奶奶給我的一道謎題，解開了食物味道更有滋味，重新再煮時就有了豐富層次。一邊吃還能一邊說故事給人聽。

回到旅社說給對床的阿珊聽。阿珊是河南人，小我十幾歲卻很投緣，只要在房間就閒扯聊天。

她一聽我說食物的故事，還沒等我講完便自顧自說起來她們老家有種麵食多好吃，只在她們家鄉吃得到，「那嚼勁我真的別地方沒吃到過，和那湯頭配起來，之……好吃的。」講起食物誰都來勁兒，我笑著聽她說完，想說完了她等等一定會餓，果然睡前就聽她去泡麵吃了。

二十一歲的她大概想起了在上海工作的媽媽。趁著畢業要找工作的阿珊，想到蘇杭一帶找踩縫紉機的工作，看起來像個男孩，心倒是很細。說起他們一家子爸爸媽媽雙胞胎妹妹分別在四個城市，她要出來打拚向上，像個小大人似的很獨立，眼神還是有些哀傷。

那天晚上夜裡，她突然大聲說了夢話，是鄉音我聽不太懂，側身聽了一會兒，只聽到她抽抽搭搭哭了起來，沒多久就止歇了。傳來淺淺呼聲，應該又睡著了。我也就翻身睡去。

第二天早晨起來，我說打算要去上海了，她想了想，「我跟妳一塊兒走吧，我去找我媽媽。」好，就一塊兒走吧。我也去找我們家的老媽媽。懷念親人的姊妹們，路上有個照應也好。

上海印象萬花筒（上海）

我對上海的印象只有拼貼，記憶獨立一個個獨立存在的抽屜，有些貼近生活常常打開，有些在角落多年不曾想起，還有一些是再次造訪新收成的感受。它們有些彼此無關，卻又似有牽絆。重新展開時，是個萬花筒，可以獨立觀賞，合在一起竟是一片風景，變化無止。

奶奶娘家故居弄堂

1 戶口名簿

小學二三年級的時候吧，學校要登記個人資料，小學生們帶了戶口名簿到學校，在某個表格上填寫籍貫一欄。那時候還沒有「出生地」的作法，每個人的身份還是依照「你的父母從哪裡來」概念進行，彷彿要確認每顆種子的來源，才一一種下。我一筆一劃依照戶口名簿上寫下「上海」二字，這是第一次我「認識」上海。

老師收了資料回去，隨意翻看，班上那些常常講台語的男生是隔壁里地主的親戚，世居此地，老師早就知道。看了幾張，他抬頭問我：「妳籍貫上海啊？」我低頭看了一下戶口名簿，確定自己沒寫錯字，點點頭，對，上海。

當場我臉熱熱的，彷彿大家都轉過頭來看我，覺得丟臉。我以為上海很遜，從來都沒有聽別人講過這地方，應該是一個小不拉機的地方。或是一個小島，因為地名裡面有海（小學生式的奇怪猜測）。

回家問了爸爸，上海是哪裡？忘記他是怎麼回答我了，畢竟他待在上海的時間很短，又只有三歲，他與上海的連結，大概也只是名字裡也有「海」字。生活裡奶奶是我認識的唯一上海人，一直到她去世都是如此。我等到讀了爸爸費盡心思編輯出來的口述歷史，才搞清楚這個家族形成的來龍去脈。二十幾年已然過去。當然我早就知道上海不是一個島。

2 打麻將

過年的時候，年夜飯吃到九點左右就要把麻將桌抬出來，擱在客廳中央，開始一年一度的方城戰。其實奶奶只是貪圖熱鬧，降格打十六張麻將跟我們幾隻三腳貓玩，她以前打的都是規則更繁複十三張。

有一年小叔找來了幾張白光周璇的唱片，我們一邊打牌一邊聽著白光低沉嗓子唱「花落水流，春去無蹤，只剩下遍地醉人東風」，我們一邊配合打東風：「東風，有沒有人要？」奶奶喜歡這些時光，打完了四圈中場休息或是煎年糕或是煮酒釀雞蛋湯圓，吃完了繼續再戰。

通常奶奶都按兵不放炮（她很會算牌），她等的是別人放炮或自摸。幾把下來，奶奶常是贏家。收了桌子回到臥室常會拉我進去塞幾百塊說「給妳吃紅」。

這是小輩偽裝的上海風麻將時光，選了我們聽得懂的白光周璇來佈置，其實老太太自己在家喜歡聽的都是地方戲曲，上海戲、越劇、紹興戲都愛聽。幾捲錄音帶她可以一聽再聽，打毛線玩撲克牌都聽。那些是她少女時代去大世界看的戲，看完了戲再去城隍廟逛逛，看西洋鏡、猴子跟狗耍把戲。

當我來到城隍廟，吃了一籠南翔小籠包，出來逛逛還是在星巴克咖啡館附近看到了西洋鏡小攤，圍觀的都是外國觀光客。大世界也歇業整修了，我便轉往古玩市場。轉了一圈被一個小攤一副古董竹製麻將吸引了，上前玩賞半天，要是奶奶還在，帶這回去她一定覺得好玩兒。

攤位阿姨見我摸了又摸，湊上來說那是民國初年大戶人家用過的手工麻將，她只收了幾副，再來沒有了。我見她賣的不是其他攤位賣的玉石，都是些生活工藝品，這樣的攤不多，每個玩意兒拿起來都有韻味。我說阿姨，妳收來的東西都很好呢，這話一出口，她聽出我口音來自台灣，引出了一串的故事。

阿姨的父親原是民國時期南京鐵路局副局長，一九四九年來不及到台灣，文革時期被抄家，父親五十幾歲被關到鄧小平上台才放出來，關了三十幾年。她說對他們而言一九八九年才「解放」，「解放」這些老國民黨人。阿姨最愛看《簡愛》，看了三十幾遍，這些古玩也是她會分辨真偽好壞，就靠這點專長在退休後頂了攤位做了好多年。「妳說我品味好，因為我們就是最後的貴族啊。」她當年沒有來得及逃出來，只是因為她想回去問媽媽要不要去台灣，一耽擱就來不及了。

民國三十七年共產黨勢力逐漸擴大，奶奶說當時到處都是共產黨，常州、崇明島的人都連夜包船逃到上海。很快情勢就難以控制，大家也是對爺爺說「日本人在這裡，我

上海還記得奶奶的鄰居大嬸

們講話聽不懂，共產黨都是當地人，一定知道你是空軍，不會放過你的」。奶奶竟然曾想一個人待在上海帶三個小孩，不想離開故鄉，最後眾人勸說還是跟了爺爺去台灣。要是她沒有到台灣，這位阿姨的故事就是奶奶的故事了。

最後我帶走一副沉甸甸的古董麻將，過年時幾個姊妹打了一回，各自說了幾個奶奶的小故事，白光周璇的唱片不知道哪裡去了，上海味一點也沒有了。

3　上海大表姐

這是第二次來到上海，跟杭州遇到的阿珊一起坐動車。她的媽媽在上海工作，一家四口分居四處，她趁著畢業後上工前跑來上海看媽媽。阿珊媽媽到了車站接她，我們相約晚間青旅再見，她的媽媽在上海住的是公司宿舍，女兒無法留宿。我到外灘附近的青年旅社掛單，我不是真的行腳僧，但這是最後一站，也有了雲遊四處的安然。

十多年前我跟著奶奶探親第一次到上海，住在表舅家，那一棟公寓後面陽台緊挨著小學操場，住在那裡的一個禮拜，每天早晨都聽到繫著紅領巾的娃娃們大聲唱著中華人民共和國國歌〈義勇軍進行曲〉：

「起來！不願做奴隸的人們！

把我們的血肉，築成我們新的長城！

中華民族到了最危險的時候，

每個人被迫着發出最後的吼聲。

起來！起來！起來！」

一清早就直喊「起來」是吧，好好好，我就每天早上都起來聽吧。表舅家門前掛著一塊牌子寫「優良黨員」，在大學裡擔任教授，文革時期還能調派香港，算是當時的正紅色的紅人吧。

他叫我奶奶「孃孃」（上海話姑姑的意思），是奶奶哥哥的大兒子。這位舅舅是我第一次真真正正見到的「共匪」呢，但除了偶而會對話中會提到「毛主席」之外，表舅也只是一位剛當了爺爺的中老年人，會在吃飯時任由兩歲小孫子跳上餐桌又鬧又跳，卻只嘴裡唸到「小心啊小心」。不願做奴隸的人們，現在都成了一胎化政策下的孝順爺奶爸媽了。

*

這回到上海，我聯絡的則是同輩大表姐，是奶奶的哥哥二兒子的女兒（真饒口又略遠的關係啊），雖說同輩卻大我十餘歲。我在青旅自己閒晃幾日後，被大表姐接去了浦東高橋，正是奶奶老家附近，大表姐現在還住在附近。當天晚上，大表姐自營公司剛好準備開張，設宴請些朋友吃飯，帶了我去也算洗塵接風。

表姐夫是當地地方官員，共產黨青年菁英份子。二十一世紀的共黨菁英不再穿藍布列寧裝，也不再開口閉口毛主席，正紅血統現今卻改穿Polo衫配名牌西裝褲。官夫人大表姐更是足蹬三吋高跟鞋，緞面合身洋裝，新染的髮色亮橙橙的在包廂門口招呼客人。朋友們陸續來了，不是手包名牌就是皮帶名牌，人人一進來馬上掏出香菸互敬，包廂裡很快就充滿了煙味。這裡是浦東新區，大部分來客也都是高橋當地人，表姐說要問爺爺家地理確切位置，等會兒可以問問幾位老鄉。

酒過三巡大家收起了上海話，開始問「這位台灣小妹妹是來探親的嗎」，表姐順口接話問起了幾位老鄉，小妹妹想知道我們爺爺老家八字橋在哪裡？妹妹想去找原址看看拍張照片。席間幾位大叔熱烈的討論起來，有人說是這兒有人說該在那裡，突然一位油頭大叔拉了另一桌的名牌皮帶大叔說，「他知道他知道，你爺爺家就是他們公司拆的」。什麼？拆爺爺家房子？

原來，這一桌客人有不少是都市更新工程業者，高橋一帶的老房子都是他們拆的。那名牌皮帶大哥走過來歪頭思忖，說道：「應該是現在〈未未來〉房地產那一帶，就在高架橋邊上，就是你們瞿家老家啦。」

大表姐想想似乎沒錯，連忙要我舉杯敬酒，謝謝大叔告訴我這資訊。我便連忙帶著笑起身敬酒，謝謝這位都更工程老闆告訴我他拆了爺爺老家。

4 杜月笙

上海浦東高橋出過的名人，最為人所知的就是被稱為「上海皇帝」的青幫人物杜月笙。因為杜月笙家出來會經過奶奶家門口，奶奶小時候常常看見他。

她說高橋人都喜歡杜月笙，因為這黑幫老大發達了回鄉蓋醫院、設學校，每次回高橋都在祠堂前辦流水席，每個人發一個磁臉盆、一個燈籠、兩根蠟燭、還有一包洋火柴。奶奶說她和媽媽「都不喜歡這套」，所以從沒去吃過，因為只吃一頓回來還是會餓，沒多大意思。

杜月笙家的祠堂現在變成軍方用地，不得進入，表姐開車帶我去跟門口小兵交涉半晌，無法可施，我們只好離去。杜月笙生前沒有到台灣，最後病逝香港讓四房帶來台灣安葬，墓地就在台灣汐止山上，跟我們住的南港也只是隔壁。

近年梅蘭芳的電影效應，開始有人探訪杜月笙在汐止的墓園，這是因為曾與梅蘭芳有一段情的孟小冬後來跟了杜月笙，人稱「冬皇」的老生界的皇帝，與「上海皇帝」最後都落腳台北。奶奶大概也沒想到繞了一大圈，老鄉聞人又成了鄰居。

5 輪船碼頭

奶奶的爺爺在碼頭附近買了幾塊地，蓋了房子，現在原地還有老房子，是後來翻新過的但也數十年。都市更新說了多年卻仍沒有動工，屋主們不願意再花錢整修，於是保留了原來模樣。現在小表姊還有一部分產權。她把房子整理了一番，隔成小間租給外地來的工人，當起包租婆。

當我們造訪時，隔壁老鄰居的媳婦一聽我是徐留雲的孫女，直說她還記得奶奶。表姐告訴我，她就是從前碼頭冰廠老闆的媳婦，也是那排屋子原本的地主，現在守著老屋子等待改建。

碼頭邊的冰廠是奶奶青春少女時期打工的地方，也是連謠傳日本人打來了卻沒聲沒影，奶奶全家趕忙搶時間去挑冰賺錢的那個冰廠。從這房子到碼頭、煉油廠的確不遠，奶奶小時候就是從這裡出門去，到冰廠挑冰或去火柴工廠綁柴。

兩位表姐說，小時候她們跟老太太在這裡住過很長一段時間。她們說的「老太太」（唸作老塌塌），我一時沒有會意過來。原來說的是她們的曾祖母，也就是奶奶的媽媽，是我外曾祖母，我也該稱「老太太」。

瞿順卿徐留雲民國三十八年到台灣之前，沒有告訴母親婆婆到底要去哪裡，只說要離開上海，那時軍方規定不能說。那時大家都謠傳台灣生活很苦只有香蕉皮可以吃，奶奶用她獨特邏輯駁斥道「那香蕉誰吃掉了？香蕉哪裡來？香蕉光長皮啊？」大家只好說是

吳淞口黃埔江畔煉油廠碼頭，前身為英國亞細亞煉油廠

日本人吃掉了。可是抗戰勝利了，日本人都回去了，所以眾人沒話好說。去台灣的事就這樣決定了。出發那天夫妻倆帶著三個小孩和兩位媽媽到碼頭，徐留雲對媽媽說：「明年春天，我再回上海把妳們帶去玩一玩。」說完就分開了。媽媽活過一百歲，還是沒有等到女兒返鄉那天。

婆婆在開船前一刻同上了船安頓小孩，要開船了，婆婆有點猶豫要不要一起去，卻念著家裡房子空著沒人管，「不想一把老骨頭到外地當野鬼」。徐留雲說：「妳不要的話，就下船吧！」婆婆就下船了。從此三十一歲的徐留雲在台灣沒有長輩，只能遙祭西方，瞿順卿夫妻倆成為一家之長，一直到老。

手足（上海）

奶奶穿旗袍真美，瘦瘦高高的她也是我認識的老太太裡最有氣質的，她總是應對大器，從容又有架勢，讓我總以為她是《上海灘》裡那樣的富太太，或像張愛玲白先勇筆下的那些上海人。

其實她出身平凡，能洗練出如此氣勢，我只有佩服。不怪我誤認，畢竟奶奶是我唯一實際認識的上海女人，而我對上海的認識也大多從電視電影小說中得來，只能如此想像她。

當奶奶第一次返鄉探親時，姨婆遠遠見到她以為是個外國老太太，一米六五的瘦高個兒、銀閃閃的白頭髮挺直的腰桿，的確有點像外國人。姨婆跟表舅舅說「我姊姊沒那麼高，頭髮沒白」。兩姊妹四十年不見，忘記頭髮會白了。走近相對一看，沒有立即演出淚奔擁抱的畫面，倒來了一段對質戲碼：

「妳們姓啥？」姨婆開口問奶奶。

「姓徐。」

「妳姓徐，妳是我姊姊耶！」姨婆說。

「妳是啥人？」奶奶還沒回神。

「我是你妹妹啊！」

「妳怎麼這麼矮啊！」做姊姊的說道。

「妳怎麼這麼長啊！妳到台灣去又長高了呀？」妹妹高興得糊塗啦。

「神經病！我到台灣去都三十幾歲了，還會長高？妳怎麼縮水啦！」

兩人不能置信小時一起生活的姊妹就站在眼前，還互相拷問一番生辰年月生肖，連表舅也加入戰局，問奶奶知不知道他生日。考試順利完畢，眾人出了機場，回到表舅家中。

*

我第一次見到姨婆則是奶奶第八、九次探親了。那是十年前，奶奶小叔和我一行三人到了蘇州，安頓好後第二天午餐前到姨婆家。一進門，一位矮胖的老太太迎出來，是姨婆，一邊眼睛不好了耳朵也戴上助聽器，看見姊姊來了拉著進房間要講話。小叔待在客廳跟舅舅們閒話家常，他推我進去陪兩位老太太。

姨婆房裡桌上擺著舊舊的紅色塑膠立式果盤，滿滿的糖果零食，擺的位置很刻意，看得出來是特別準備的。姨婆拿了好些照片給奶奶看，兩人講上海話我聽不懂，她們開了電視給我看。

蘇州秋天的午陽還很暖，兩個老姊妹在窗邊陽光下，但我印象最深就是那兩只褪色的紅色塑膠糖果盤。可能是從前聽奶奶說姨婆的小故事，總不真切，真的碰面了，要由她身邊小物才能更切實感受姨婆的存在，她是會特別為了我們來到準備糖果的姨婆。

姨婆小奶奶七歲，是共產黨員，做到了地方的街委退休，分到了一個小房，一直到我獨自旅行到上海，還住在那裡。在上海我告訴了表姐，想去蘇州探望姨婆。她們同樣也稱姨婆，彼此平常並不往來，只等台灣親戚來了才會因此聯繫。

由表姐聯繫，我們當天驅車由上海到蘇州，家人怕事先告訴姨婆她會太高興睡不好，姨婆並不知道我們要來。上了樓姨婆一樣出來迎接，眾人告訴了我是台灣來的筱葳啊，她抬頭仔細看了看，隨即緊緊牽著我的手往房間裡走。

眼前是姨婆拉著我的手，卻像是見到晚年的奶奶，她的手她的臉龐她的白髮，極度相像，令人一驚。

幾年過去了，奶奶不再硬朗，腰桿彎了人也胖了，穿不了以前美麗的旗袍了，晚年的奶奶跟原本就矮胖的姨婆幾乎一個模樣。我們進了十年前同樣的房間，這次沒有紅色果盤，因為她沒有機會事先準備。姨婆這次也拿出了照片給我看，一張一張指認名字、關係，又拿出奶奶的舊照，講著講著掉下眼淚，說唯一的姊姊走了，放她一人，她也想去陪姊姊了。

我們拿話安慰，又不知道該說什麼。她說好苦，我只能握著她滿是皺紋卻柔軟的手。雖然兒女在側，人即使到老，父母去世唯一手足離開了，還是有失去聯繫的孤兒感。唯一記得彼此童年的人也離去了，與這世界最古早的聯繫就徹底斷掉，手和足的記憶不能夠連結，這深沉的孤獨與斷裂感，讓人難以承受。也許是這樣，姨婆顯得憂鬱。

姨婆又重複了幾次，她想去陪姊姊，但也知道不該再說，便開了電視，我們陪她看了一段連續劇，便向她告辭。我不知道什麼時候還會再見姨婆，她卻問我們「明早還來不來」。我輕輕抱住她，然後輕輕搖手說再見。

等我們人都已經下樓準備上車，老人家開了窗戶搖著手跟我們再見。上了車她依然搖著手，我們一樣搖著手，等車子開動了，她還不肯離去，繼續搖著手。我們回頭望，等她越來越小看不見了，才都回過頭來。

姨婆在窗口搖手，我們一樣搖著手，等車子開動了，她還不肯離去，繼續搖著手

火柴與小女孩（上海）

在上海時，在四川認識的旅行友人小石寫信給我，他要準備去東京唸書，從上海出發，如果碰得上可以一起逛逛上海。沒幾天，我們就在外灘附近碰面了。

我們是在重慶認識的，他為了留學去辦簽證，我去找爺爺奶奶結婚地，那幾天也一起吃過麻辣鍋，也是麻辣鍋友。他帶了一位上海朋友H同來，說有地頭蛇導覽比較好玩，兩位都是藝術工作者，馬上決定要讓我們看看在地生活，要帶我們去坐渡船。這渡船是上海市民上下班橫渡黃埔江的交通工具，他自己也很久沒坐了，想回味一下上海生活，我們一行三人便往外灘方向走去。

外灘正為了世博拚了命整修，我在上海的這段時間，只見蒙了面圍起藩籬飛著塵土的外灘，到處都是工地，交通也時常打結，什麼都看不到。我們的計畫是散步過了蘇州河到渡輪站，沿著黃埔江一路望著對岸陸家嘴燈火通明的高樓景觀，再坐船上游從黃埔江上看外灘，這樣豈不快哉。等到我們一路走到了渡輪站，H驚訝地發現最後一班船已經走了，他抱歉地說，他也好一陣子沒待在上海了。這果然是為了市民接駁設計，並不是給遊客晚間八點多欣賞外灘用的。

既然都已經走到了浦東對岸，H說就去他家坐一會兒吧，他住浦東新區。我們兩個外地人嘴硬，一時半刻覺得還能再走，繼續沿著河邊走。

陸家嘴的現代光明逐漸被我們拋在背後，沿路越來越荒涼頹圮，路燈越來越慘綠，路旁房屋也越來越矮小破舊，一下子時光彷彿倒退了幾十年，舊上海浮現了出來。此時三人都有點汗流浹背。H說，我們「打的」吧，兩人連忙稱是，便跳上了的士直達浦東H家。

在H家，H給我介紹上海最近的藝術活動，他策劃的，送上了一摺設計現代的地圖。浦東早就不同以往了，H的套間環境不錯，兩個透過網路熟識的青年藝術工作者一進門就開了電腦聊起他們的話題。我看完了那張藝術地圖仔細收好後，抬起頭問H知不知道大世界什麼時候開張，我來上海想知道到底大世界的哈哈鏡還在不在。兩個專攻新媒體藝術的年輕人楞了，一個台灣人來找哈哈鏡？H說，其實就是幾大面變形鏡子嘛，解釋半天打開蘋果電腦的拍照軟體，「妳瞧，就是這個」。三個人湊過來看，三張臉都變形了，他們兩人覺得有趣，我也覺得好笑。我們照了幾張怪照，兩人樂的說：「妳看，大世界沒開門沒關係，妳在上海還是照到了哈哈鏡。」

時間晚了要回去，H送到路邊說時間晚了堅持攔了的士要我乘坐，用上海話交代了路線，還給我電話號碼要我到了傳個短訊告知，然後互相道別。相對於刻板印象的上海大女人，上海男人果然心細體貼，晚間十點多了，因為H的照顧，我安心地斜靠著車窗看夜景。

*

小石這一趟突如其來的拜訪，讓我突然走在浦東到上海這段路上。而從浦東到外灘，正是徐留雲在火柴廠打工時的生活範圍啊。下班放假姑娘們都會去外灘公園約會玩耍，要回家了，就乘坐渡輪回去。H家的所在位置離當時徐留雲工作的「大中華火柴工廠」不算太遠。

民國二十年，徐留雲十三歲，開始去「大中華火柴工廠」當綁洋火柴的作業員。一開始因為手小總作不好，後來越做越快一下子就升等去做最難的等級。她們做的安全火柴不會受潮，可以跟進口「洋火」比拚。

上海浦東，在鴉片戰爭後變成外資搶駐的熱門地，火柴工廠也是兵家必爭的市場，二十世紀以前還用打火石取火，外國進口的「洋火」算是新鮮科技，一下子壟斷了中國市場。當時幾個中國本土的火柴工廠合併起來成立了「大中華火柴工廠」，希望可以民族工業阻止壟斷局面。合併後也的確產量增加、需要人手，算算口述歷史紀錄的時間，也就是合併隔年，徐留雲在這樣的背景下加入了綁火柴的女工行列，成為浦東工業社會的摩登小女工，做出一根根火柴點亮國人生活。

她們每天越做越快的火柴逐漸把外國火柴打退了，因為家離工廠遠，徐留雲還搬到工廠附近租了房子跟房東搭伙，這時她不過十五六歲，工廠的收入讓徐留雲嚐到了獨立的滋味。當時少女徐留雲活動地點大約就是浦東新區這一帶。

*

後來算算時間，八十年前的火柴算是古董，說不定還有人會收藏拍賣？我突然很想知道那古早火柴的模樣，使出了網購搜尋的本領，一下子就找到了「大中華火柴廠」出品的民國古董火柴。看著破舊的大紅色火柴盒，正中央寫著大大的「上海」二字，正正宗宗的復古，這復古卻非一種情調，而是一種曾經存在的真實生命。

奶奶的手，可能有綁過這些火柴呢。

搬出簡單數學，大中華火柴工廠從成立到一九三七年被日軍佔領關廠，有六七年時間，我奶奶就綁了四年半火柴，現在遺留的古董貨，真有可能是奶奶辛勤工作的成果呢。

八十年前作火柴的小女孩一定沒有想到，日後她的孫女會找她做的火柴。

安徒生的版本中，賣火柴的小女孩沒有賣完火柴，點了取暖，點到第三根見到了死去的奶奶，奶奶伸出溫暖的懷抱帶她離去。

旅途初初開始之時，我也曾經覺得這場旅行的每一站都是一根火柴，讓我在火光中見到奶奶。而故事牽引著我，眼前的版本竟轉變成現代劇情：小女孩上網找到了奶奶八十年前的同時期同工廠的火柴，興奮地馬上想要下單，無奈沒有對岸拍賣帳號，急急去電表姐，讓有帳號的姊姊下標購買。

兩個「買（網購）火柴的小女孩」在初秋的雨夜裡，各自看著電腦螢幕拿著電話，看著一盒盒拍賣古董火柴，跟那個用民族工業拚國家存亡的時代拉近了一點點。

一直知道她曾在火柴工廠工作，但我還以為那是外國工廠呢。抽絲剝繭地探訪後，才知道她參與並見證了新興工業的一段輝煌歷史。我彷彿也看見一位小女工，她還稚嫩的臉龐因為綁火柴越來越順手而散發著自信，行事自成節奏，她滿足於那個當下。後來每每她相信自己可以獨立掙錢不受羈絆，不是沒來由的誑語氣話，而是源自這段時間的自食其力的信心吧。原，來，如，此。我因此感到溫暖了，在奶奶長長的一生中，曾經有一段純然自主的開心時光，她享受世紀初帶給民國女子的新式生活。

這個開明爽快的特質，有著大都市的現代感，以及向前衝的無畏。而這也正是大家都喜愛她敬愛她的緣故啊。

第四章　回家

外婆的日本婚禮（彰化）

歷史是一張張照片，時光拉長來看，都是很弔詭的。

民國二十八年，爺爺奶奶因為日本入侵，在四川簡單結婚；三年之後，我的外公外婆也結婚了，地點在台灣。民國三十一年，正是太平洋戰爭爆發第二年，日本還有戰勝的期待，接受日本文化的台灣士紳家族並不知道此時是日本統治最後的頂點。

彰化富商陳家與台中士紳許家結為親家，兩家都是當時深受日本文化影響的地主階級，結婚以半台半日儀式進行，在大宅前大合照，後面交叉著偌大的日本太陽國旗。新郎穿著全套正式燕尾西服，新娘的白紗禮服在現在看來都精緻美麗，正是我的外公與外婆。

在很久以前就看過這張照片，阿嬤收藏得很好，跟她去東京唸高中的畢業紀念冊收在原木做的陪嫁衣櫃裡。東京的女子高中畢業活動是要唱頌貝多芬的第九號交響曲最終章「快樂頌」，紀念冊裡還有清一色短髮女子穿

民國30年代外公外婆婚禮

著制服在禮堂演出的盛大場面，照相技術也是一流。

阿公是去早稻田唸政治經濟學，想要在學術上一展長才。他出生成長於日本文化氣氛中，在青壯年時經歷日本戰敗，兩人回到台灣，開始接下家裡碾米事業。阿公時運不濟，民國四五十年代家道中落，在中學擔任英文教員直到病逝。

阿嬤平常不願意拿這些照片出來看，這已經是太久遠以前的輝煌記憶，她有日本式的低調與抑制，對於過去的記憶不願再提起。雖然她富家小姐的生活，幾乎一結婚就結束了，成為帶著三個孩子辛苦成長的媽媽，但畢竟富過二代，還是有一種氣勢。在這樣的家族，通常會為女兒物色醫生之類的本省籍男士聯姻，阿嬤沒有想到，她的唯一女兒（也就是我的媽）居然會愛上一個從大陸逃難來台士官長的兒子（也就是我的爸）。

歷史一直重複，這個故事跟爺爺在重慶的故事相似，在四川版本裡，爺爺是逃難到大後方的「下江人」，要是當地商人女兒彭小姐跟他結婚，她父母揚言要跳井自殺。爺爺婉拒了這要命的婚姻，跟奶奶結了婚。

在台灣版本中，我的媽媽在大年初二家長不注意的情況下跑了出來，大年初四由雙方友人協力辦的結婚茶會完成終生大事。結了婚兩人馬上跑去花東蜜月旅行。阿公阿嬤見大勢已去，抓了兩人回去，補送喜餅，說是「洗門風」，洗完了門風，從此媽媽被趕出家門，不准回娘家。之後，無論媽媽在門口怎麼求，就是不得進門。如此兩年。

不僅是因為這眷村小子太窮太沒前途，而且外省政權一來就戒嚴，跟著蔣介石來的這班人實在親近不得，女兒竟然嫁給一個外省窮研究生。

兩年後等到我出生，事情才有了轉圜。政治因素退位，親情介入婚姻。

此時基因已然混成，上海工人與彰化地主有了孫女，有了第三代一切就不同了。我的出生開啟了新的家族關係，外公外婆答應媽媽可以回娘家了。爸爸出國拿了博士成了教授，也造成了新的觀感，這台語不會講的外省小子看起來也挺認真。於是，只講台語日語的外公外婆和只講國語的爸爸，雞同鴨講幾十年。爸爸到現在也還是只會講「西西」（是是）「丟啊丟啊」（對啊對啊），岳母女婿講話一定要拉著我媽翻譯。

夫妻倆帶著女兒回去娘家，常常一年才回去一次，大年初二。這一年一聚，對我來說印象最深刻的差異，就是吃飯的口味。

除夕年夜飯整桌的上海菜，到年初一吃春捲燒黃魚，突然一個跳躍，初二回阿嬤家是清淡的台菜與日菜。小孩子不是美食家，但對味覺反應很直接，吃慣一整年濃油赤醬外加四川辣味怎麼會分辨得出清淡中的味道。而且我媽不曾對我說台語，以至於在台語環境我只能鴨子聽雷裝乖裝傻。直到工作需要學了三腳貓台語，才開始跟阿嬤聊天。

旅行之後回到台灣，再去看阿嬤，感覺有了不同。我們偷偷搬出她的老相片，她也願意讓我們看個夠。她說的台語，我突然都聽懂大半了，只是不解自己過去怎麼都沒有聽懂。阿嬤老早就搬到台北居住，她娘家與婆家的老宅邸都已分家或閒置，但她最精緻的嫁妝都留在身邊，現在開始贈與兒孫，物品流轉新舊記憶。

旅行回來後隔年生日，我得到一方十六開大小的硯台，用深藍色厚紙盒包了用棉繩五花大綁由母親轉交與我，說這是阿嬤年輕時使用的，知道我偶而寫字，送我當生日禮物。不多久，又轉來一組妝奩小物，是一組暗紅色漆器粉盒，大盒子打開還有一隻小盒，漆器上花紋光亮，蓋子手持處繫著柔軟的絲穗；小盒再打開，還有一個銀製粉餅盒，手掌大小，甚至還有餘粉在裡面。

這些比我曾經用過的任何化妝品用具都要精緻，是高檔的工藝品。這是阿嬤的青春。這次不是生日禮物，只說要給我。我整齊地擱在奶奶八十四歲去北海道買回給我的音樂珠寶盒旁邊，一整排老女人心思，日日陪我妝扮看我出門。阿嬤也知道我愛老東西。

往返阿嬤家與奶奶家之間，映照了她們年輕歲月。

日本戰敗撤離台灣，國民黨戰敗撤退台灣，一去一往完全改變了她們的人生。而我是連結她們的橋樑，血脈續存，然後透過旅行，穿越了時空，開始懂過去不能理解的各種家族情緒。

過世前的吵架（台北）

旅行三個月回家那天，掏出鑰匙站在公寓大門前有一秒畏懼。怕出門前那個原本的自己躲在裡面，怕一開門所有心思又回到原點，變成出門前的模樣。環境會包覆情緒，我知道的。

所有的情感都淋漓盡致了嗎？該帶出去的下沉氣息都用行腳消散了嗎？該帶回來的新鮮能量，足夠強勁讓我保持新鮮視野嗎？無論如何，得開門回家。

開鎖，進門，屋子沒變，物品沒變，巡視一週測試自己的歸鄉反應：有開心終於回到小窩的感覺，情緒穩定，嗯，第一回合穩住了。不像奶奶剛走時我連一刻都無法待，無法接受缺席的空洞。

這一次把旅行背包攤開來，清洗歸位，又過了幾天，確定沒有舊的「我」躲在裡面，全部都乖乖跟出去，應該也都回來了（吧）。

那週末，家人們為我洗塵，爸爸選了一家四川餐廳，大概想補償他沒有跟去宜賓看他出生地的遺憾。有好多的故事我想說，但故事都跳躍，難以口語述說。一頓飯變成家人們吃得嘴巴辣得要命，我因為經過月餘的川辣訓練，輕輕鬆鬆說還可以更辣點。

大家問我去了哪些地方，哪裡好玩，哪裡可以再去，我一一回答。這麼一問一答，好像我真的完成了一件大事兒一般，其實說真的，只是去放空。空了之後才能有空間讓更多故事流動，重新書寫整個過程。

如果問我真的有完成什麼事嗎？應該有兩件，其一是終於把奶奶逃難方向走對了，彌補了製作影片的過錯。其二，不是食譜調查，而是和解。

奶奶離世前一兩個月，我其實才跟她鬧了脾氣。奶奶是有脾氣的老人，幸或不幸，我遺傳了她。當時鬧脾氣的實際內容是什麼，已經有點想不起來了，多麼家常，又如此無常。

奶奶在台灣一手把我帶大，出生沒有多久，爸媽出國唸書，到四歲父母歸國我才首度認識父母。從小跟奶奶吵架的次數不多，所以特別記得。怎麼還在她過世前鬧脾氣呢，記得兩人彆扭了一個多禮拜。幸好奶奶走的前幾天我想通了，每天回去陪她，最後一晚我在床邊小藤椅坐到十點。但是，我們還沒有和解到以往的親密。

*

更早之前，還沒有請菲籍妹妹來幫忙前，有段時間奶奶不方便洗澡，我每天下班趁著夜還不深幫奶奶洗澡。剛開始需要我們幫忙，奶奶會一直找話題聊，東扯西拉，用話語填塞裸身尷尬的時光，往往一個話題還沒講完，她已經接著想說其他瑣事了。後來的沐浴時光，我們一邊搓抹肥皂一邊有一搭沒一搭閒扯，氣氛比以往寧靜了許多。她說：「小時候我幫妳洗澡，現在老了，換妳給我洗澡。」她變得安然溫馨。

我們握著她的手，原本已經攤在床上不能行走，這意志力堅強的老女人，幾個月後又重新站了起來。我們都以為她可以一次又一次重新站起來，繼續活下去。

時光如果繼續無止，吵了架拌了嘴，過幾天不是我靠著她的肩膀故意問要不要幫她剪指甲，就是她給我泡了熱牛奶端到面前，假裝生氣說「燙死妳！」笑一笑，捏一捏我手背，就過了。

但這一次的和解週期還沒完全走完，她就走了。和解還有最後的一點點尾巴，是她要拿熱牛奶「燙死我」，還要捏我的手背。

那晚，我只是守在她床邊陪她看了最後一回電視。說晚安明天再見。然後，有一扇門關了起來，氣球飛走了。有一個小女孩在門那邊，握著一條飛走了的氣球線。很驚訝事情原來可以這樣。

*

正在趕書稿的時候，突然有一個影片的案子找上門來。電話這頭我問「是拍攝什麼主題呢？」那頭說道「是拍老人的紀錄片」。這案子就這樣讓我擠了進來。

老人的皺紋，老人的笑，老人因為熱鬧而像孩子般的情緒高亢，都觸動著我。他們在鏡頭前鏡頭後講的每一個小故事，我都仔細聆聽。有些老人很安靜，有些老人好會講。你以為他們冗長跳躍不易打斷的故事是老年固執，回去重新播放聽過之後，會發現裡面自有邏輯，他一定要這樣講，才算完整表達。

奶奶也是很會講，有說書的技巧與氣氛。她愛聽戲曲、愛聽說書，以前警廣的說書先生講完了「請聽下回分解」後，奶奶都會很有興致地也說上幾段自己的故事。那時候我讀國小，對世界還朦朧，奶奶講的故事高潮起伏都自有安排。

她的老故事組成了我的童年。

這一路我追尋的是她的故事，其實也在追念童年。

在故事接著故事裡，屏除了時空隔閡我們重新相處了一回，我想用新的足跡把那一步沒走到位的和解之路完成。相信她感受到了，因為回家後我再無愧疚，我知道奶奶一定會跟我和好，會再端一杯熱牛奶「燙死我」，也會再捏捏我的手背。然後我們和好如初，心結過了，可以放下。

儀式（台北）

以往家中過年儀式都由奶奶主持，她過世之後，這些儀式都靠大家的拼湊記憶勉強續行。

然而過去奶奶指揮著大家什麼時候斟酒拜拜，什麼時候燃香，拜祖先的飯碗該怎麼放的同時，有時隱約看到她的猶疑：這些規矩到底可不可改變或者如何改變呢？她在記憶庫中搜尋關於規矩關於儀式的依歸，但終究她太年輕就離開家族，到了自己長成一個家族的根。「是不是該生出些規矩讓家族有家族的樣子？」我有時會如此猜測她的心情，規矩真的是「原來」的規矩嗎？還是奶奶自己變化出來的呢？

偶而她也會爽快簡化儀式，省略掉幾樣我們奉行多年的小習慣，但大方向不變：主要年菜做好裝盤上桌，碗筷酒杯也都一一到位，斟好一巡傳統白酒，奉上一碗白飯擱著兩只交疊的瓷湯匙，燃起香爐蠟燭，如此一炷香時間不可碰觸桌椅。

一整桌完整年菜，一整圈空蕩蕩的位子，這是給祖先吃的。門窗要開祖先才方便進來。從來沒有想過，家裡祭祖儀式是如此寫實生死，不是香煙裊裊鞠躬行禮便行了事，而是在某種分隔兩界的想像中，看不見的與看得見的透過一桌酒菜而交會，一年之中的片刻相處。

以往過年總是充滿喧囂火藥，奶奶視為一年大事因而焦躁火爆，平時各自生活的家人硬要擠在一個餐桌邊也太容易肝火旺盛。如此火藥庫傳統卻因為奶奶過世而改變。因為明白失去是恆常，於是開始退讓試著不去越界踩線，感情版塊挪移，家族界線重新定義。但從前我不懂那一桌酒菜的意義，奶奶在酒菜就緒香爐燃起時會終於放鬆。原來她並不完全是準備給我們吃的。

一炷香後，家人分成兩組，一組去燒錫箔元寶，一組將所有年菜從桌上拿到廚房像折返跑一樣將菜盤碰一下爐台再拿回桌上，這動作叫ㄗㄚ。我猜是「匝」，一圈的意思，又不十分確定。與小叔討論，想想該是以下意義：方才陰界祖先吃的現在要換陽間人吃，於是有了這個確認陰陽兩界的儀式。我們即使是一家人卻陰陽兩隔，每年重複這儀式，再次提醒也再次思念。一柱香後，家人分成兩組，其實是陰是陽。

原本感到儀式的消逝，卻意外在紀錄的當下略懂得儀式的意義。到底是消逝還是新生？是有還是無？你是來了還是走了？生命來去總是重新組織我們的記憶，和理性之外的感受。

後記

書的開頭提到，本來想為奶奶拍攝紀錄片，因為沒有做到才想透過旅行知道更多，用文字紀錄下來。其實，在紀錄片想法還沒展開之前，我還有另一項小計畫，就是要整理奶奶的食譜故事，想自寫自拍自畫自編自印，想像中是本小小的書，就是一篇篇食譜和我們自己拍的照片。這個計畫在網路出現之後，化成在自己部落格開一個分類放置這些食譜故事文章，便宜了事。那本食譜故事書就自我交差了。

等到這本書與編輯談定了，一直想的是把食譜故事依著記憶的地理地圖夾在旅途之中，我早就忘記當初想手作的那本簡單的只有食譜和圖片的小書。直到截稿那一天，姑姑和表姐說，那天是奶奶農曆生日，我無奈地說但我沒空上山給她上香，只好在家裡趕稿紀念她。下午，接到編輯來電，說他與美編感覺可以把文字與圖片拆成兩本製作，文字收了所有旅行文章，圖片那本則加上食譜故事編成彩色一本。當下我很喜歡編輯的決定。

第二天醒來，我更發現按照編輯的作法，如此我們就有了一本當初我想做卻沒有做的一冊食譜故事書。十年前想像的那本食譜故事小冊子，在我早已忘記當初的小計畫許久以後。

很多事情最後都會回到初始的原點，一個心意剛剛萌芽的樣貌，再繞回你眼前，讓人照見自己。經過將近十年延宕，那個想像竟然變成實際的面貌出現，此時已過萬重山，能夠帶著一切變化回到原本的心，是一種福氣。

這也是給奶奶的生日禮物，十年前的小心意演變至今，變成眾人的努力，化解了我的惰性，終於成冊。在打開電腦書寫之前，我已經打過多場自我內心戰，既害怕直接面對逝去的生命又不願放過自己。在這段面對生死課題的時間裡，大安社大的老子課同學們以及夏惠汶博士（我們都稱夏杯杯）的陪伴，是很大的支持。花蓮的蘋蘋阿姨一家願意不時收留我，知道有時朋友不需要說話，只需要一起吃吃飯，聽聽太平洋的聲音。有陪伴老人經驗的寶鍊跟我分享心情，我們各自懷念與老人家相處的時光。然後在鬆散的互助會晏珊、文綺、冠宇的督促下，才產出了首批稿件。

思考書名的時候，與家人編輯討論良久，沒有定論。終於有一天，我突然想到，奶奶的名字「留雲」多麼美，多有情。雖然雲無法留住，味道總可以吧，我的旅行也正是想要尋找並留下味道的一趟旅行，取其「留」意，就有了「留味行」三個字。不僅留住味道，也用書名記憶奶奶的名字。

書有大半是在奶奶原來的臥室寫就，她也在這房離世。奶奶走了之後大床撤走後，搬進了大書桌，變成我的工作房，工作書寫都在這裡。一開始她經常入夢，隨著時間過去越寫越多，我獨自寫到哭寫到笑，她入夢的機率變少了，我明白時間到了，透過旅行與書寫漸漸長大，有了新的方法記憶過去，奶奶也放心走了。

＊

大家都問，出去前後變了嗎？旅行的人彼此詢問，留在原處的人也問。回到生活，一切都變了又一切都沒變。在離去與返回的這段缺口改變的人事物，並沒有因為你不在而強度削減。而獨自行走時的歷程，對別人來說也都是缺口。「妳到底看見了什麼？感受了什麼？改變了什麼？最喜歡哪裡？妳還是不是原來的你？」

我很難回答這些問題。

旅行或寫作，都只是為了拖時間。拖慢人會淡忘的慣性，想讓自己多知道一些關於祖輩的過往，能夠記憶深一點長一點。旅行過程在東張西望，希望吸飽了故事帶回家蒸餾出幾滴陳釀；寫作的過程中，也是東張西望，只要看到一丁點相關的書籍、故事、照片，都興奮得不得了。但這些，也只能讓我稍微接近老人家老故事。人能夠與更大的歷史譜系連結，意識到在時間空間中自己渺小的位置，再回到現實生活小世界裡，人還是會有些變化。最大的變化，就是接受了死亡也是自然。在旅途中的放空之後，終於心裡空出空間，能有餘裕地看待這些原本自然的事情。

奶奶過世當天早上email告訴一位老友蕭大哥。蕭是位編劇，當時已經搬回台東種菜，像大哥又像叔叔，是一位重要的朋友。他不多久回覆一封不算短的信，其中幾句當下安定了我：

「然最要緊的還是妳
聽聞間似妳與她最密切
那就是妳送她囉。
關於我想說的生命
是因為有種切膚之痛
那人不是因為死而消失
而是我們看不見」

是的，是我們看不見。但死亡並不是消失，在之後的三四年內，我深切的體會。所有片片段段，路上的、過往的、新的老的記憶，都重組交織被書寫成新的故事。這樣，我們就可以重新看見了吧。

信裡蕭大哥還有一句，我從此記在心裡，也是帶在路上不忘的話：

「彼此都在流浪。親之再親，都只擦肩而過。」

在更大的時間裡，一輩子的相處也只是擦肩。我們先來後到，都是旅人。而我的旅行與書寫，無非就是想延長這擦肩的細節與感受。如果幸運，有人讀了有些感受，也回去珍惜自身的擦肩緣份。而最幸運的是我，我因此有了專心書寫專心做菜的一段時光。

老人家煨著小火的爐子，終於熄了。

該我點上爐子，繼續煨一鍋暖暖的好湯。

留味行

她的流亡是我的流浪，以及奶奶的十一道菜

（一書＋一別冊）

作者　瞿筱葳
裝幀設計　黃子欽
行銷業務　張瓊瑜、陳雅雯、蔡瑋玲、余一霞、王涵
　　　　　王綬晨、邱紹溢、郭其彬
主編　王辰元
總編輯　趙啟麟
發行人　蘇拾平
出版　啟動文化
　　105台北市松山區復興北路333號11樓之4
　　電話：（02）2718-2001
　　傳真：（02）2718-1258
　　Email:onbooks@andbooks.com.tw
發行　大雁文化事業股份有限公司
　　105台北市松山區復興北路333號11樓之4
　　電話：（02）2718-2001
　　傳真：（02）2718-1258
　　24小時傳真服務（02）2718-1258
　　劃撥帳號：19983379
　　戶名：大雁文化事業股份有限公司

初版一刷　2011年11月
二版一刷　2017年6月
定價　360元
ISBN　978-986-94836-4-3

歡迎光臨大雁出版基地官網www.andbooks.com.tw
訂閱電子報

國家圖書館出版品預行編目資料

留味行：她的流亡是我的流浪,以及奶奶的十一道菜 /
瞿筱葳著. -- 二版. -- 臺北市：啟動文化出版：大雁
文化發行, 2017.06
　面；　公分
ISBN 978-986-94836-4-3(平裝)
855　　　　　　　　106007588